生まれ変わっても君を愛すると言ってくれたのは婚約者の弟でした

そ　ら　ほ　し

S O R A H O S H I

一迅社文庫アイリス

CONTENTS

ギルフォード・
イル・レーミッシュ
第三王子。魔法騎士団長。
魔法の才能をいかして、
魔物退治に勤しむ。
イリニエーレを
慕っていた。
ステラ・コートン
16歳。コートン男爵家
令嬢。イリニエーレの
生まれ変わり。宝石眼
を持つ。ギフトは
"植物鑑定"。
生まれ変わっても君を愛する
と言ってくれたのは
婚約者の弟でした
人物紹介

チェスター・テイラー

魔法騎士団副団長。名門伯爵家の跡取りでもある。ギルフォードとは気の置けない仲で、よき相棒。

アーノルド・イル・レーミッシュ

王太子。ギフト"剣技"を持ち、国内でも随一の腕前。女好きで、妃が2人いる。

マクシム・ライド

アーノルドの側近を務める伯爵家子息。誰に対しても冷たい態度を崩さない堅物。

キーワード

宝石眼

古代竜から受け継いだ瞳と伝えられている、美しい煌めきの瞳のこと。女性だけに現れ、国に豊穣の恵みを与えると信じられている。宝石眼の持ち主には魔法が効かない。

ギフト

神より一人につき一つ与えられる特殊能力のこと。本人だけが自然と理解できて使用できる。様々なギフトが存在する。

イラストレーション◆練間エリ

生まれ変わっても君を愛すると言ってくれたのは婚約者の弟でした

I will love only you forever.

プロローグ

「――……死なないで……お願いだから、助けて、誰か、誰か……」

朦朧とした意識の中でわたしは、誰かが泣きじゃくりながら助けを請う声を聞いていた。

「宝石眼には魔法が効かないんだ！　……だから、薬を……早く！　頼むから……イリニエーレ様を！」

あまりにも悲痛なその声に、「どうかもう泣かないで」と声を出そうとしたものの、どうしても言葉が出てこない。それどころか思うように呼吸ができず小さく息を継ぐのがやっとだ。

体の中、内臓が焼けるように熱い。まるで体の一部が溶けてしまっているかのように感じる。

「あ……」

大きな痙攣で体が跳ね上がると、衝撃で思いがけず声が漏れた。それに気がついたのか、慌ててわたしの顔を覗き込む紺色の髪がぼんやりと視界に映る。

「イリニエーレ様……」

ギル……ギルフォード……。

ギルフォード――わたしの婚約者の弟。

この窮屈な宮殿の中で、本当の弟のように慕ってくれた八つ年下の心優しい少年。その美しい緑色の瞳からとめどなく涙が溢れている。

冷たい言葉ばかりかけられ疎まれていた婚約者――アーノルド王太子殿下よりも、よほど長く、温かな時間をギルフォードと過ごしてきた。

……わたしはもうダメ……ごめんね、こんなところを見せて……。泣かないで……ギル。

お別れの言葉も伝えることができないなんて……。

わたしの声にならない最後の懇願が届いたのか、ギルフォードは涙を袖で乱暴に拭き取ると、何かを決心したように歯を食いしばった。左手を自分の胸元に置き、右手をわたしの頬にそっと当てる。そうして思いもかけない言葉を告げられた。

「僕は……たとえ、あなたが生まれ変わっても……ずっと、ずっと……愛しています」

――愛しています、イリニエーレ。

ギルフォードはそう言うと、わたしの額にそっと触れるだけの口づけをした。

ギルフォードの真剣な瞳が、消え去る寸前の命の灯火をぱぁっと燃え上がらせる。

眩しいほどのその光がゆっくりと消えていく中で、わたし――ビエランテ辺境伯の娘、イリニエーレの一生が閉じられた。

第一章　生まれ変わった宝石眼の乙女

レーミッシュ王国の都、西外壁近くのコートン男爵家が賑やかな声に包まれている。それもそのはず。今日はわたし——ステラ・コートンが十六歳の誕生日を迎えた日であり、めでたくも成人の年齢になったのである。

目の前にはたくさんのごちそうが並び、そのテーブルを囲むようにお父様、お母様、そして七つ上のアルマお兄様がわたしの誕生日を祝ってくれている。

本来貴族の娘が成人したともなれば、お披露目という意味で盛大なパーティーを開くのが普通だが、生憎とわたしはその普通ではない。

わたしにとっては家族だけでこぢんまりとしたお祝いをしてもらうのが何よりも幸せなのだ。だからいつもどおりの誕生日に、とても満足していたのだが……。

「ねえ、ステラ。来月のデビュタントですけれどね」

きたっ！　……一番心配していたことがきてしまった。

食事が終わり居間へと移り、お母様がお茶のカップを手に取ったところで、あらたまって口を開いた。

このまま黙っていてくれればよかったのにと思いながら、肩をすくめてできるだけ体を縮こまらせる。しかしお母様は柔らかな笑顔で容赦なく言った。普通でないわたしを人一倍愛してくれているが、それ以上に心配しているのもそのお母様だ。

「いくらなんでもデビュタントを欠席することは許されないのだから、作ったドレスの中から早く着ていくものを選んでちょうだいね。そうでないと他が決められないの」

「……ええと、本当に、ですか？」

「当たり前でしょう。無理です」

ううーん。お母様もさすがにここは一歩も引いてくれないか。まあ、無理よね。

今まで何度も話をしたが、そのたびにこれだけは避けられないと言い聞かされた。勿論(もちろん)わたしにだってわかっている。

しかし、それでもダメ元で言ってみた最後の悪あがきを一蹴されてしまった。

がっくりと首を下に向けて、小さく「はい」と答える。

この国の貴族子女は十六歳で成人となると、年に一度春に宮殿で行われるデビュタント――新成人のための舞踏会に参加して、国王陛下からお言葉を賜ることで本当の貴族として認められる。

社交シーズンの本格的な始まりを告げる舞踏会であり、成人後にデビュタントに参加できなければいつまでも貴族として扱われないうえに、財産の相続権まで失ってしまうのだ。

そのデビュタントが今年はちょうど来月に開催される予定であり、当然ながら今日十六歳になったばかりのわたしもその対象となっている。

つまり健康上の理由を言い訳にしてほとんど人前に出ることなく、屋敷に引きこもって過ごしてきたわたしでも、さすがに今回ばかりは無視できない。

「ではせめて……ドレスをもっと地味なものにお願いしたいのですが……」

目立ちたくない。人目につきたくない。誰とも話をしたくない。なんなら壁になりたい。

ブツブツと理由を積み上げて呟(つぶや)いていると、まあまあとアルマお兄様が割って入ってきた。

七歳上のアルマお兄様は今年二十三歳になる。わたしと同じような明るい茶色の髪を短く刈り込み、まるで騎士のように鍛えた立派な体格をしているが、こう見えても商会を生業(なりわい)とするコートン男爵家の立派な跡取りである。

「見たところ全部シンプルなドレスに見えたがなあ。あ、あの淡いグリーンのやつはどうだ？あれなら飾りも少ないし目立つこともないだろう」

ステラの明るい茶色の髪にもよく似合う、と力説する妹バカなところが玉に瑕(きず)だ。

「お兄様、あれはペルキア産のシルクで作られた最高級品ですよ。デザインこそ大人(おとな)しめですが光沢も質感も全(すべ)て最上の生地がたっぷりと使用されていて、見る方が見れば絶対にとんでもなくお金がかかっているのがわかります」

飾りがなければ目立たないというのは野暮(やぼ)な男性の発想である。女性、いや男性でも特にファッションに敏感な人ほど素材にこだわるものだし、手に入りにくいものほど注視しているのだ。このペルキア産のシルクは国交が開かれてからずっとその輸入量が制限されている。

「お、おう……そうか。ステラは家からほとんど出ることがないのに、本当にいろいろなことをよく知っているな」

ドキッ！　まずい。目立ちたくない一心でつい余計なことまで言ってしまった気がする……。

「前に一度本で読んだような……」などとごまかしていると、うんうんと頷きながらステラは凄いと何度も持ち上げる。

「俺も人の顔ならば一度見れば忘れることはないが、ステラほど目端が利かないからなぁ」

お兄様がわたしを褒める言葉を聞きながら、お父様がにこやかな笑顔で手を一つ叩いた。

「そうだね、ステラが目立つ必要はないな。もっとありきたりなドレスにしよう。それで下手に目端の利く貴族子息たちに見初められても困るからね」

「……そうですわね。ステラの初めての舞踏会ということで、せめて生地だけでもいいものを、と少々気合いが空回りしていたかもしれません。たしかにあなたの言うとおりですわ。ステラを嫁になど出せませんもの」

二人ともニコニコと冗談のように笑いながら言っているが、目が本気だ。

仮にも男爵位を持つ貴族であるはずだけれど、元々実業家で名を馳せたコートン家だけに貴族の体面などはあまり気にしない。淑女たるもの親の決めた縁組に従い、貞淑な妻となり子を産むべきだとは考えてもいない。

これはわたしにとっては本当にありがたいことだ。なぜならわたしは、絶対にまともな結婚ができない。だからこそただ静かにのんびりと暮らしたいと願っている。

そもそも貴族としての矜持が高かったのならば、わたしはとっくにこの家になど住んでいなかっただろう。それというのも――。

「なんといっても、私たちの可愛いステラが〝宝石眼の乙女〟だということは、周りには絶対に知られてはいけないのだから」

そう、宝石眼。それこそが一見何の変哲もないこのわたしが、普通ではないという所以なのだった。


宝石眼――それはカッティングされた宝石のようにキラキラと輝き煌めく瞳。

女性にのみ現れるとても珍しいものであり、古くは古代竜から愛された女性が、彼と共に生きていくために体の一部が竜化した姿だと言い伝えられていた。

宝石眼を持つ彼女には、竜の加護のもと魔法は一切効かず、願いは全てが叶えられた、とも。

そうしていつしか物語のような伝説は、宝石眼を持つ女性が現れた国には豊穣の恵みが与えられ繁栄するとも言われるようになった。事実、三代前の正妃殿下は緑の宝石眼の持ち主であり、このレーミッシュ王国が最も栄えた時代となったことは間違いない。

そのためこの国では宝石眼を持つ者を〝宝石眼の乙女〟と称え、誕生と共に国への報告を呼び掛けている。だがしかし、それにもかかわらずコートン家の両親は、わたしが宝石眼であることを隠したのだ。

なぜかというとわたしの誕生する前日、アーノルド王太子殿下の婚約者であった宝石眼の乙女——ビエランテ辺境伯の娘、当時十七歳のイリニエーレが毒殺されるという事件が起こった。

センセーショナルなこの事件が王国全土へと広まるのにそう時間はかからない。

その余韻覚めやらぬときに生まれた新たな〝宝石眼の乙女〟であるわたしの未来を危惧した両親が、同じ轍を踏ませたくないと考えたのは親心だろう。

そして忠誠心も少ない成り上がり貴族らしく、国への報告を無視したまま現在にいたるのだ。

「そうだ。ステラのことがバレたなら宮殿に連れて行かれるに決まっている。あのクソ王太子相手なんて……そんなことは、絶対に俺が許さん！」

いきり立つお兄様に、お父様もお母様も頷いて同意している。

自国の王太子殿下を悪しざまに呼ぶのを誰も咎めないのはさすがにどうかとも思うけれど、こればかりは仕方がない。

わたしだってあのアーノルド王太子殿下はこちらから願い下げだし、わたしが宝石眼であろうとなかろうと、絶対に、絶っっっ対に近づくつもりなどない！

アーノルド殿下はくだんの婚約者であったイリニエーレを無視するだけでなく誰が見てもわ

かるほどに冷遇していた。

イリニエーレは王太子妃にふさわしい教育を受け、そうあるように努力していただけなのに『銀色の髪が肌を青白く見せて幽霊みたいだ』『笑顔の一つもできない辛気くさい女』『まるで人形のようで面白みがない』など、揶揄し続けた。

王太子としての態度に意見したり、儀式の間違いをこっそりと指摘したりすれば、『そんなことをわざわざ言って優越感に浸ってでもいるのか』『俺をコケにするな』と文句を返した。

そのうちひっきりなしに令嬢へ声を掛け恋人を三人も作り、宮殿に自由に出入りさせるなどやりたい放題をつくす。

結果それが、イリニエーレが毒殺されるという事件を引き起こした。

主神より一人に一つ与えられる、生まれ持った才能〝ギフト〟の中でも、一流の騎士と同等に剣を扱うことのできる〝剣技〟を授かったアーノルド殿下は、それをいいことに騎士団の一部を我が物のように扱っていた。

それでいて王族にしては魔力が少ないことにコンプレックスがあるせいか、魔法の才能がある者を妬み、自分より上だと思えば潰すことに余念がなかった人。それがアーノルド殿下という人である。

そしてなぜわたしが自分の生まれる前の王太子殿下の様子をこれほど詳しく知っているかといえば……記憶があるからにほかならない。

つまりわたしは、いったいどういったことかイリニエーレの記憶、そして全く同じ青色の宝石眼を持ったまま、ステラ・コートンとしてこの世にもう一度生を受けてしまったのだ。

生まれ変わり。わたしが何か普通ではない違和感を覚えたのはものごころがついた頃。鏡に映った自分の姿を見て『これは誰？』と思ったのが初めだった。

明るめの茶色い髪をふわふわと揺らしながらリスのような大きな瞳で屈託なく笑っている顔は生き生きとして可愛らしく、とてもわたしのものだとは思えなかった。青い宝石眼は同じなのに、鏡に映る瞳はキラキラと輝きとても楽しそうに見えた。

わたしの髪は銀色ではなかっただろうか？　青白い肌に寒々しい銀髪。そして常に伏せ気味な瞼（まぶた）の下から見える、冷え冷えとした青い宝石眼。笑顔を作ろうとすればするほど引きつってしまう陰気な顔立ち。そう、それがわたしの記憶にある自分の姿。

じっとその鏡には映らない少女の姿を脳裏に見ているうちに、いきなり頭の中に痺（しび）れるような痛みが走った。わたしはそのまま鏡に抱きつくように倒れ込むと、高熱を出して寝込んでしまう。そして三日三晩寝続けている間に全てを思い出した。

イリニエーレ・ビエランテとして死んでしまった後で、ステラ・コートンへと生まれ変わったこの事実を。

そこでまず真っ先に思ったことといえば、『わたし……もう、イリニエーレじゃない！』という安堵、そして続く不安だった。

レーミッシュ王家、特にあのアーノルド殿下に縛られなくなったことはとても嬉しかったけれど、イリニエーレが毒殺されて死んでしまったことには変わりはない。それが宝石眼を持っていたからだという理由だとしたら、今もまだ憂慮すべきことでもある。

前世で親しかった数少ない人たちのことを思い出すと、胸がチリリと痛む。

けれども、家族の繋がりが薄かったイリニエーレとしてよりも、温かな愛情をこれでもかと与えてもらえるステラとしての新しい人生を心置きなく楽しんでいきたい。

優しくいつも見守ってくださるお父様。厳しいところもあるけれど、その倍以上わたしのことを気にかけてくださるお母様。そしてむやみやたらとわたしを大事にしてほんの少しの話すら大げさにしてしまうお兄様。皆、大好きな人たち。

毒殺されたことを思い出してしまったことで多少のトラウマができてしまったものの、今の家族と一緒ならきっと大丈夫だと信じている。

だから、二度と王家には近寄らず、かかわり合いにならない……！

とにかくこのデビュタントさえ無事に過ぎ去ってしまえば大丈夫よ、多分……。

わたしは痛む胃を押さえながらゆっくりと立ち上がり、しぶしぶとそのためのドレスを選びにいくことにした。

新年から始まる議会が一段落すると、レーミッシュ王国の社交界も動き出す。

まだ寒さ残る早春、本格的な社交開始の合図として行われるデビュタントに、王国中から多くの貴族が集まってきた。領地を持たないコートン男爵家は元々王都に屋敷を構えているので移動する必要はないが、それでもあれやこれやと気をつかうことは多い。

気がつけばあっと思う間もなくデビュタントの日がきてしまい、今さらできることはないと悟ったわたしは、もうどうにでもなれという気持ちで宮殿へと足を運んだ。

魔物の侵入を阻(はば)むためレーミッシュ王国の王都は大きな外壁で覆われている。国王陛下以下、王族のほとんどが住まわれる豪奢(ごうしゃ)な宮殿は、その王都の中心、さらに内壁で囲まれた中に建てられていた。

西外壁近くのコートン男爵家の屋敷から馬車で内壁の門をくぐり宮殿の中に入ると、十六年前と変わることのない大広間に案内される。新しく付け替えられたシャンデリアの光が眩(まぶ)しい。

国王陛下への謁見の列へ順番に並びながら、生まれ変わる前のイリニエーレの記憶と違うところはあるか、知っている顔がないかなどを警戒しながら周りを見回していたら、エスコート役のお兄様に「おのぼりさんだな」と笑われてしまった。

……まあ、そういうことにしておきましょう。

「よしよし。じゃあこの俺がステラのために教えてやろう。あちらにいるのがバレッド子爵夫妻にご息女のラミエラ嬢で、そちらがノエラ伯爵夫妻。それからそこの護衛騎士はファンデロ男爵の次男でミゲルだな。さあ、他に聞きたい名前はあるか？」

「……よくわかりますね。さすがはアルマお兄様ですわ」

素直にお兄様の記憶力に感心していると、ふふんっと鼻を高くして喜ぶ。

「あ、そういえばステラ。目薬は忘れずにさしたか？　なんなら俺が予備を持っていようか」

「大丈夫ですよ、馬車の中でちゃんと。今も持ってきてあります」

「でもな、万が一ということもあるから、な、な」

何度も言われている言葉に、いい加減飽き飽きしながらも頷き答える。

わたしのギフト〝植物鑑定〟で見つけた薬草で調合した目薬は、この宝石眼を普通の瞳に見せかけることのできる特別なものだ。この目薬のおかげで今のわたしの瞳は普段よりも濃い青色に落ち着き、キラキラと光に反射することもなくなっている。

わたしが七歳でその薬草と調合を伝えたとき、お父様たちが『これが宝石眼の加護なのか？』と首を捻(ひね)っていたが、残念ながらそんなものは持ち合わせていない。この調合は前世に宮殿の書庫でアーノルド王太子殿下の九歳下の弟、ギルフォードと一緒に見つけたものだった。

「しかしステラのギフトが〝植物鑑定〟で良かった。おかげで魔法が効かなくても瞳が変えられる目薬ができたんだし」

「そうね、それは本当に助かったわ。そうでなければ小さい頃のように真っ黒な色眼鏡（めがね）を掛けて舞踏会に参加することになったもの」

後ろに立つお父様たちが小さくこそこそっと呟くのを聞き、乾いた笑いが漏れる。

宝石眼とは表向きは豊穣の印だの、竜との繋がりだのと言い伝えられているが、万能なものでもなんでもなく、単なる象徴的なものなのではないかとわたしは思っている。

むしろ魔法が全く効かないという不利益のほうが多く、実際イリニエーレが毒を飲んだときにも、魔法さえ有効ならば治癒（ちゆ）魔法で毒の排除が可能だったのに、と考えたこともあった。

……本当に、宝石眼ってなんの意味があるのだろう？

国の威信のためには必要なのかもしれないけれど、持って生まれた人間からしたら自分の意志など無視されて流されるままに人生が勝手に決められる。本当に無用の長物でしかない。

しかも立て続けに二回もだなんて。ああ、なんて悪運だけは強いのかしら……。

そんなどうしようもないことを嘆いているうちに、いよいよ謁見の順番が回ってきた。

十六年の年月が経（た）っているとは言え、一度は結婚する予定だった元婚約者のアーノルド殿下を始め、義理の家族となるはずだった国王陛下や王族の方々と顔を合わせるのは緊張する。

失敗はしないようにしなければね。

下手に目立たないことが最優先だ。コートン男爵の家名を呼ばれると、わたしはふうっと息を吐き、王族が居並ぶ前でゆっくりと膝を折った。そして頭を半分下げたままの姿勢を保つ。

「国王陛下へ、コートン男爵家ステラが成人のご挨拶申し上げます」

「うむ。ステラよ、顔を上げるがよい。レーミッシュ王国の貴族として、王国の良き礎（いしずえ）になるよういっそうの努力を望もう」

許しを得てゆっくりと顔を上げる。瞳の色を変えてはいるが、万が一にもわたしが宝石眼を持っていることがバレてはいけないため、できるだけ瞼を落とし開かないように心がける。

一段高くなった玉座に座るのは、レーミッシュ王国のガルドヴフ国王陛下。その右隣の椅子（いす）には正妃殿下が座し、そして陛下の左隣にアーノルド王太子殿下とその二人の妃が彼を挟み込む形で立って並んでいた。

王太子妃は、ロザリア様。イリニエーレ存命中の恋人の中の一人で伯爵家の令嬢だった。麗（うるわ）しい金髪の二人が並んでいるととてもお似合いに見える。特にロザリア様はあの頃よりも派手な装いで一段と美しくなったようだ。

第二妃はベルトラダ様。こちらも伯爵家の出身で、きつめの顔立ちに真っ赤に燃えるような髪が印象的な女性だ。十六年経った今でも変わらず、赤い唇をトレードマークにしている。

そして国王陛下のふさふさとした金色の髪と筋骨隆々といった外見は「少し皺（しわ）が増えたかな？」と思う程度で、前世からあまりおかわりがないように思える。それよりもむしろ、五十の年を越えてなお王位についていることのほうが驚きだった。

このレーミッシュ王国は古より魔物の侵攻に悩まされていた。王都外壁には五方に大きな結界石を置いて守り、各都市には〝陰王〟――王位を譲り引退した元国王が回り結界石に魔法結界をかけ直していく。そうして王国を魔物の脅威から守っているのだ。

そのため代替わりは早い。慣例であれば国王は王太子が二十五歳から遅くても三十歳までには譲位し、新たな王の即位となるはずなのだが……今年三十四歳になるはずのアーノルド殿下の地位は今も依然として王太子のままだった。

あああ、やっぱりむくれている……。

国王陛下の左隣のアーノルド王太子殿下は、誰の目にも明らかなふくれっ面でそっぽを向いていた。眩しい金髪と垣間見える緑の瞳にすらりと通った鼻筋と、相変わらず見た目だけは美しい人だとは思うけれど、それ以外がなっていない。

きっと、未だに自分の立ち位置が王太子であることが許せないのだろう。

気に入らないことがあればどこであろうと不機嫌そうな態度をみせるところは、イリニエーレが婚約者として隣にいた頃と全然変わっていないようだ。

……三十半ばになってもあれでは、陛下もご心労が絶えないでしょうね。

などといらない心配をしていたら、ふとした瞬間にアーノルド殿下と目が合ってしまった。

うわっ、まずい！　バレて……いないわよね？

一瞬慌てたけれど、彼はわたしの姿をちらりと一瞥し、「このちんちくりんが」とでも言いたげに鼻で笑うとすぐに興味をなくした。

　昔から華やかで美しい、ゴージャスな女性がお好みだったな……。

　一応美人の部類ではあったが、親元を離れ厳しい王太子妃教育で感情を表に出すことを忘れてしまったイリニエーレのことを陰気だと言って気に入らなかったくらいだから、今世の平凡な顔のわたしでは記憶の端っこにも残らないだろう。

　その態度に少しイラッとしないでもないが、こちらには全く興味を持たずにいてくれたことに安堵し、わたしたち家族は挨拶の列から離れていった。

　これでデビュタントが終わるまで、目立たず、壁の花になっていればいい。それさえやり遂げられればまたいつもの穏やかな生活に戻れる。

　ほっとひと息つき、静かな壁際、大広間が見えるが、向こうからは覗（のぞ）き込まなければ誰にも見つからないカーテンの陰へ居場所を定めた。

　国王陛下への成人の挨拶がひととおりすむと、今夜のデビュタントはいっそう賑わいを増していく。成人したての若者が初めての舞踏会で舞い上がるのは今も昔も変わらない。デビュタント特有の熱気に包まれている大広間を覗くお兄様の足もうずうずと動いているようだ。

「お兄様、せっかくなのだから舞踏会を楽しんできたら？」

「いや、ステラを一人にはできないよ。父上たちも仕事がらみでつかまっているし」

「では、せめてご自分の飲み物でも好きなものを持っていらしてください」

どうせわたしはここでは何も口にすることはない。

それがわかっているお兄様は「うーん、じゃあ少しだけ待っていてくれ」と言ってカーテンから出ていった。

離れる前にも〝目薬〟と口だけ動かして告げていったので、よほど気になるようだけれど大丈夫。あの目薬の効能は、六時間以上はもつ。

「ほとんど毎日さしているというのに、本当に心配性なんだから」

念のためにとペチコートの中に隠し持っている目薬をドレスの上から確認しながら、いつもわたしの側(そば)をちょこまかとついて歩いていた紺色の髪の少年の姿を思い出した。

そういえば調合を試すときもギルフォードの魔法には随分と助けてもらったわね……。

第三王子のギルフォードはアーノルド王太子殿下の腹違いの弟であり、イリニエーレが宮殿で一番長く一緒の時間を過ごした男の子だった。

彼の母親である小国出身の第二王妃殿下は、幼い頃から両親と離れ、王太子の婚約者として宮殿で住み始めたイリニエーレを娘のように可愛がってくれたし、イリニエーレもギルフォードのことを本当の弟のように慈しんだものだ。

アーノルド殿下から心ない言葉を投げかけられたときに一緒にいてくれたのもギルフォードなら、彼の母親が亡くなったときに側にいて涙をぬぐったのもイリニエーレだった。

あれから十六年経ち、当時九歳だった彼ももう二十五歳の男盛りといったところだろう。

どうやら噂に聞いたところではギルフォードは魔法の才能を伸ばし、魔法騎士団長になると王都には寄りつかず、ほとんどの時間を魔物討伐に費やして各都市外を回っているそうだ。

宮殿での催しに参加することは稀だということで、今日のデビュタントも当然のように参加している様子はない。

……きっと、見違えるほど大きくなったのでしょうね。

背の高いイリニエーレに向かい、『早くイリニエーレ様に追いつきたいです』と言いながら、苦手なミルクを頑張って鼻をつまみながら飲んでいた小さな男の子の思い出が蘇ってきた。自然と頬が緩くなる。

そんなギルフォードはイリニエーレのたった一つの心残りでもあった。

あの毒を飲まされた日、最期まで側にいてくれたのは、婚約者だったアーノルド殿下ではなくギルフォードだった。

イリニエーレの手を強く握りしめ、意識が遠のくのを何度も引き止められた気がした。そして本当にこれでお別れだと感じたそのとき、彼の涙がこぼれ落ちてきた感覚を覚えている。

……そういえばあのとき、ギルフォードは何と言ったのかしら？

たしかに何か聞いた気がするのだけれども、意識が朦朧としていて毒を飲まされた前後はどうにも記憶が曖昧だ。

何だったのだろう……。本当に久しぶりに宮殿に来たせいか、なんだか今日はイリニエーレだった頃のことを思い出してしまう。

いくら二度と来たいとは思わなかった場所でも、生まれたときからアーノルド殿下の婚約者と決められたイリニエーレが、七歳で家族から離されて十年間住んでいた場所なのだ。少しくらいは懐かしがってもいいだろう。

しみじみと感じ入っていると、なんとなく大広間が賑やかになってきた。特に女性の黄色い声が飛び交っているように聞こえる。

……もしかして、ダンス好きのアーノルド殿下が壇上から下りてきたのかしら？

ふとした興味からカーテンを押して中央のダンスホールの方を覗いた。これもイリニエーレの思い出を振り返っていたせいかもしれない。

……でも結局イリニエーレとは、デビュタント時の一度しか踊ったことはなかったけれどね。

そんな腹立たしい記憶が頭をかすめる。しかしなかなかダンスが始まる様子はない。

途中参加してきた誰かを囲み、多くの貴族が我先にと挨拶をしているようだった。その周りには妙齢の女性も目に付く。どうやら大変な人気者がやってきたらしい。

うーん、凄い。誰だろう？

ちょっとした好奇心が湧き出してしまった。

本当なら誰であろうと気にせず隠れているべきだったのだが、宝石眼が誰にも見つからなかったことに安心してしまい、つい油断を誘ってしまった。

目を細めて様子をうかがっていると、たくさんの人波から頭一つ抜きん出た紺色が不意にこちらを振り返った。

緑色の切れ長の瞳にすらりとした鼻筋の端整な顔立ちの青年。遠目から見ただけでも、夜空のように艶やかな紺色の髪と引き締まった体格が目をひく。

そんな彼が、青い騎士服にマントといった出で立ちでこちらを何やら凝視……している？

え？　何？　……いったい、何があるの？

自分の後ろを見ても、ただの壁と小さな椅子しかない。それなのになぜだかその青年は囲んでいる人たちを急いでかき分けると一直線にわたしの方へと向かってきた。

ちょ、ちょっと……待って……。

慌ててその場から離れようとするも、なまじ目立たない隅っこを選んで休んでいただけに、どうにも逃げどころが見つからない。そこへ輪をかけて目立つ青年があっという間にわたしの側まで駆け寄ってきて逃げ道を塞いでしまった。

小柄なわたしは背の高い青年に覆い被さるようにして前を塞がれると、影の中にすっぽりと入り込んでしまう。

近い、近い！　前が見えない！　それどころか、顔も見えないっ！

「あ……あの……何、か？」

恐る恐る声を掛けると、小さく「……見つけた」と言った言葉がたしかに聞こえた。

目の前の青年がどんな顔と表情をしているのか全く見えない。しかし、なぜかその声を聞くと懐かしい気持ちになる。

何を見つけたのだろうか？　というか、本当に、いったい誰？

この状態にいっぱいいっぱいいっぱいになっているわたしに気がついたのか、その青年は一歩後ろに下がると、スッとその場に跪き右手を差し出した。

「萌え出る花のように美しい人。どうか僕と踊っていただけますか？」

一瞬の沈黙の後、阿鼻叫喚――ほとんど女性の声が響き渡る。そしてそれを遠巻きに見ていた人たちは皆、呆気に取られた顔をしている。

近くまで戻ってきていたお兄様もグラスを持ったまま固まっている。かく言うわたしもその台詞に全く動けなかったうちの一人だ。

ひたすら目立たないよう、最善の注意を払っていたのに、いったいこれはどういうことなの？

顔の横を押さえながら目の前の青年にどう対処するべきかを考えていると、爽やかな笑みをたたえているはずの彼の右眉がほんの少しだけ下がった。

……この表情、どこかで。

わたしが首を傾げるのを見て、彼の口角がゆっくりと上がる。そうして、大広間に響き渡るようにはっきりとした声でこう言った。

「申し遅れました。僕はギルフォード・イル・レーミッシュ。魔法騎士団で団長を拝命しております」

ギ、ギ……ギルフォードぉお!? 嘘、でしょう? あの、小さなギルフォードが? え、は?

たしかに紺色の髪も緑の瞳も記憶の中のギルフォードと同じ色だし、長い睫や形の良い鼻筋も、こうして近くで見れば面影がある。

いつかはイリニエーレ様の背も抜かしてしまいます、と笑っていた彼だったが、こんなにも逞しい美青年になっているとは……。

いいえ、彼も二十五歳になるはずだもの……それは、そうよね。……でも。

「あの、お名前を聞かせてもらっても?」

「……っ、はい……ス、ステラ・コートン、です。その、男爵家の……。っ、あ、あの、ギルフォード殿下、お立ちになりますようお願いいたします」

ギルフォードは魔法騎士団長だと自己紹介したが、れっきとした第三王子で継承権だって持っている。そんなことはこの場にいる者ならば誰でも知っている。

いつまでもギルフォードの成長に驚いていてはいけない。慌てて立ってもらえるようにお願いするも彼は首を傾げて、はて? というような素振りをする。

「あの……ギルフォード、殿下……。お立ちくださいい、ますか?」

「なぜですか、ステラ嬢？」

なぜ？　そんなことは決まっている。ギルフォードがこの国の王子で、わたしがただの男爵家の娘だからだ。たかが男爵令嬢が王子殿下を跪かせるだなんて図々しいにもほどがある。

「しかし、僕はまだステラ嬢からダンスの了承をいただけていませんから」

うっ、う……ギルフォード……！

悪びれもしない誠実な台詞が、今のわたしにはとてつもなく怖い。いつの間にか静かになった大広間では、この成り行きを皆がどうなるのかと注視している。

目立ちたくないのに……。

こうなってしまえば断っても受け入れても好奇の目に晒（さら）されるのは間違いない。貴族というものはそういうものだと、前世からわかっていることだ。だったら……？

ギルフォードへと視線を落とせば、爽やかな微笑（ほほえ）みを向けられる。

ダメだ。イリニエーレの記憶を持つわたしもギルフォードのお願いには弱いらしい。

「……その、わたしで……よろしければ」

ギルフォードの差し出す右手に手を伸ばすと、彼の顔がパッと明るく輝いた。その屈託のない笑顔が眩しくて懐かしさがグッとこみ上げる。

「それではさっそくダンスのお相手をお願いしてよろしいでしょうか？　ステラ嬢」

差し伸べた手を取ると、ギルフォードはそのままわたしの手の甲に唇を落とした。

ふぇっ⁉　ちょ……ギルフォード？

「ははっ。焦らされたお返しです」

「じ、焦らしてなどおりません！」

「そうですか？　でも大丈夫です。あなたのためでしたら、僕はいつまでだって待てますから」

そう言うとギルフォードはスッと立ち上がり、わたしの腰に手を回す。その動作があまりにも素早く自然で、気がつけばあっという間にダンスホールへと連れ出されていた。

ゆったりとした音楽の伴奏が始まると、ギルフォードがわたしの体へとぴったりと寄り添ってきた。

彼の香水なのだろうか。爽やかなライムとグリーングラスの香りが鼻腔をくすぐる。とても似合っているけれども……。

「あの……ギルフォード殿下……少しばかり体勢が……」

近い、近い！　顔も、近いのっ！

身長差があるため見下ろされるような姿勢になっているけれど、ギルフォードが息をするたびにわたしの耳元に彼の息がかかる。

「殿下、もう少し離れていただけると……」

「ギルフォード。そう呼んではくれないのですか？」

「……まさか⁉　第三王子殿下に、そんな恐れ多い……」

子どもだった頃ならいざ知らず、婚約者でもないのに成人した王子殿下の名前を呼び捨てにするだなんて……。

イリニエーレは婚約者であっても、アーノルド殿下の敬称を外して呼ぶことは許されなかった。それなのに、どうして一介の、しかも今日会ったばかりの男爵家の娘が呼べるのだろうか。

無理です、絶対に無理。前世を懐かしがって心の中で呼ぶだけならまだしも。

全力でお断りをさせてもらうと、またギルフォードの右眉が小さく下がった。他の人にはわからないほどの微かな違いだけれども、わたしにはわかる。

これはギルフォードが寂しい気持ちを抑え込んでいるときの表情だ。

ううう……うう。どうなの？　どうしよう……。いや、でも。

「あー……。ギルフォード様……で、よろしいでしょうか？」

わたしの返事にギルフォードは満足したようにふっと笑った。

今だけ、今だけだ。どうせ宮殿を出てしまえばわたしはいつもどおりの引きこもり生活に戻るし、ギルフォードだってすぐに魔法騎士団長として魔物の討伐に出発するだろう。

きっと何かの酔狂だ。その相手にわたしが選ばれたのはなんとなく因縁めいた感じもしないではないけれど、少しだけ……そうほんの少しだけ、昔を思いながらダンスを楽しんでみよう。

始まりのステップを踏み出して目を合わせると、思わずダンスの練習相手になったときの小さなギルフォードの真剣だった顔を思い出してフッと笑いが漏れた。

『イリニエーレ様、僕のステップ遅れていませんか？』

一生懸命背伸びをしてイリニエーレに合わせていたギルフォード。今はむしろ成長した彼の長い足がわたしを軽やかに踊らせてくれる。

「ステラ嬢、ダンスがとてもお上手ですね」

「いいえ、全て殿下のエスコートのおかげでございます」

前世を含めても、これほどのびのびと踊れているのは初めてだと思う。

本当に大人になったのだなあとギルフォードの成長を噛みしめながら、わたしは最初で最後になるだろうダンスを楽しんだ。

そうして一曲踊りきると、向かい合って挨拶となる。重ねた手を離そうとしたところ、グイッと引っ張られてギルフォードの胸に体が飛び込んでしまった。引き締まった体躯がわたしをしっかりと抱きとめる。彼の香りが一段と匂い立った。

「……え？」

「では、ステラ嬢……いいえ、ステラでよろしいですね。また今度お目にかかりましょう」

ふわりと体が反転したと思ったら、そのまま側に来ていたお兄様へとわたしを預け、ギルフォードはするりと大広間から去っていった。

あの、またって……？　ええっ⁉

どうして？　何で、ギルフォードはわたしをこんなにグイグイ押してくるのよっ!?

第二章　デートの誘いは突然に

「ええと、また……なの？」

「はい。いかがいたしましょうか？　お昼前に届いた手紙を開封したばかりでしたが……」

「……ああ、そうね。うん、急いで確認してちょうだい。必要なら急いでお返事をしなければならないでしょうから」

「あの、それからギルフォード殿下からのお手紙と贈り物も一緒に届きまして」

「あー……、はい。じゃあそれはそのまま持ってきてもらえるかしら」

初老の執事が申し訳なさそうに開封済みの手紙の束と、毎日贈られてくるギルフォードからの花束を花瓶に入れて持ってきてくれた。コートン男爵家の使用人の数は屋敷の規模に比べたらそう多くない。それというのも、わたしが宝石眼（ほうせきがん）だということを知る人間はできるだけ少ないほうがいいということで、かなり厳選された人たちで屋敷内が回されていた。

使用人たちの結束は固く、コートン家に骨を埋（うず）める覚悟ですとまで言ってくれている。それだけにここ数日の手紙攻勢はなかなかに厳しい。手紙の仕分けから開封だけでも普段の仕事を圧迫している。

特にわたしのデビュタントまで仕事を抑えていたお父様とお母様が、これ以上は引き延ばせないと言って、揃って隣国へと商会の取引のために出掛けてしまった今、男爵家に送られてくる手紙はわたしが全て確認しなければならない。

以前からお母様が出掛けているときには代わりにしていたことだが……多すぎる。

わたしはこの後で書かなければならない返事を考えて「はぁー……」と溜息をついた。

ギルフォードがわたしを誘って——というか、ほぼ押しつけてダンスを踊ったデビュタントから、毎日とんでもない数の招待が届く。引きこもりだった今までも全くなかったわけではないが、月に一度あるかないかのうえ、単なるお付き合い程度のお誘いだったから『体調不良のため欠席させていただきます』の一言ですんだ。

それがどうだ。家格の上の立場から『是非』の一言が付けられてしまえば、断る文面にも相当気をつけなければならない。いや、本当は下位貴族としては断ってはダメなのだろうけれど、長時間外出できないわたしとしては断るという選択肢しかないのだ。

宝石眼がバレないためにも、良くも悪くも目立たないように過ごしたいのに……。

もう一度息を吐き出すと、花瓶に生けられた花を指でピンッと弾き、分厚い手紙の束と格闘するために書き物机に座った。

そうして二時間ほど机に向かっていたが、どうにも肩がこってきたのできりのいいところで中断して、屋敷の横にある温室の中で護身術の稽古に入る。

実はこれはアルマお兄様からアドバイスをいただいたものだ。

『宝石眼には魔法の攻撃が効かないということだけれど、逆に言えば物理的な攻撃は通じるということだ。でも魔法での守りは期待できないから少しでもステラの身を守るためには防御力を上げないとな』

お兄様はわたしを猫可愛(ねこかわい)がりし、ときには暴走するものの、それ以外のところではわりと常識的で合理的な考えもする。

そのアドバイスを聞いたわたしは、たしかにそのとおりだと思った。

イリニエーレは毒を飲んで亡くなってしまったので、護身術ではどうにもならなかったかもしれないが、魔法の治療が効かなかったために命を落とした。

だとしたら今度の人生でも同じようにならないよう、少しでも努力をするべきだ、と。

生きていると本当に何が起こるかわからないものね。

せっかく生まれ変わったのだから、翻弄されるだけの人生なんて願い下げよ！

それから始めた護身術の稽古は、動きやすいように頭の上で髪を一つにまとめて流し、シャツとズボンという淑女にあるまじき格好で行っているため、とても他人には見せられないが、稽古そのものは意外にも楽しくいい運動になっている。

今日は特に体を動かしたい気分だったので、いつもの基礎訓練のルーティーンを一回増やした。そのおかげで思いのほか汗をかいてしまったので、急いで部屋に戻ろうとしていつも使用する裏庭側から屋敷の中に入れる扉ではなく、正面の玄関扉へ回る。土埃だらけの格好で玄関を通るのは気が引けるけれど、見られなければ大丈夫だろう。

「今の時間なら誰もいないものね」

そんなふうに簡単に考えたのが間違いだった……。

「ス、ステラ！　おい、なんでここに？」

ズボン姿で木剣を持ち、いい汗をかいたと鼻歌まじりで正面扉を開けたわたしの目の前には、コートン家の商会での仕事のため朝から王都の商業街へと出掛けていたお兄様と、なぜかシンプルなフロックコート姿のギルフォードが立っていた。

「ちょ、ちょっと待ってください……いえ、見ないで！」

慌てて顔を隠して首を振るわたしに、ギルフォードがすかさず近寄ってくる。

「お久しぶりです、ステラ。今日もとても可愛らしいですね。あなたに会えた喜びをどう表現すればよろしいでしょうか」

わたしの恥ずかしい姿を目にしながらも、ギルフォードは本気で嬉しそうだ。なんだか彼の姿にコートン家の番犬として飼われている大型犬のビーキーが重なってしまう。筋肉質で強面のくせに、曇りのない瞳で見つめ尻尾をぶるんぶるんと振り回している姿と。

そんなキラキラとした笑顔でギルフォードは、わたしの手を取ると、つっと指先に唇を落とそうとした。

いやぁあ！　あ、汗……埃ぃい。待って、やだ！

ギルフォードの手を勢いよく振り払うと、彼は一瞬だけ目をぱちくりとした後ですぐに、クスッと笑みをこぼす。わたしは恥ずかしさのあまり顔を思いっきり引きつらせながら逃げるようにその場から離れて浴室へと飛び込んだ。

急いで汗を落としみっともなく見えない程度に身だしなみを整えると、覚悟を決めて応接室に向かう。するとお兄様とギルフォードがソファーに向かい合って座りながらコーヒーを飲んでいるところだった。

「……いらっしゃいませ、ギルフォード様」

「お邪魔しています、ステラ」

おずおずと挨拶を交わすわたしの姿を視認すると、お兄様は頭を押さえて唸(うな)る。

「ステラぁ……お前、本当に、なあ」

「だって、まさかお兄様が帰ってきているなんて思わなかったんですもの」

「それでもだな……」

二人の間に置かれた一人用のソファーに座り、お兄様と一緒にチラッと、ギルフォードをうかがう。そもそもわたしはお兄様はともかく、ギルフォードがいることのほうが驚いたわけだけど、まさか目の前でそうは言えない。

だいたい、会うたびに人の手を取りキスをしてくるのはどうなのだろう？

イリニエーレが小さなギルフォードへ教えたのは『女性から手を差し出されたときには唇をつけるフリをして挨拶するのが紳士としての対応』だったのに……。

「まあまあ、アルマ。それほど怒るようなことではないでしょう。女性とはいえ体を動かすことは大事ですからね。それにステラのズボン姿は特別感があって、とても愛らしいし」

そのギルフォードの言葉に、アルマお兄様の目がキランと輝いた。

「そうでしょうとも！　ギルフォード殿下もよく似合っているとお思いですか？」

「勿論」と、笑顔のギルフォードが答えると、お兄様が突然、うんうんと頷きいきなり饒舌になる。わたしがいかに可愛らしくて頭が良いか、小さな頃のエピソードと共に、語る、語る。

うわぁ、と引いているわたしと対照的にギルフォードは、それは嬉しそうにお兄様の話に相槌を打ちながら聞いている。

んん？　なぜ二人こんなに仲が良いの？　……いったい、いつの間に？

接点などないはずだし、そもそもデビュタント前にお兄様からギルフォードの話なんて聞いたことがないのだけれど。

首を傾げながら、どこで意気投合してきたのか考えていると、ギルフォードがとてもいい表情でにこやかに言い放った。

「特に今日のステラの姿は、茶色い小鳥がひょこひょこと歩いているようで、そのまま捕まえて鳥籠に入れてしまいたいくらいでしたから」

うぐっ、え……怖っ！　さすがにそれは……。

「ん？　は……ははは。まあ、それくらいステラが可愛いということですね、殿下」

さすがのお兄様でも顔を引きつらせている。ギルフォードは「ええ」と曖昧な同意をしてコーヒーを口にした。そしてふとわたしの方へ顔を向けた。

「そういえばステラに飲み物がありませんでしたね。運動後ですから喉が渇いているでしょう？　お菓子もよろしかったらどうぞ。君、ステラにお茶を」

「あ……あの、いいえ。大丈夫です……」

ギルフォードの挙げた手をさえぎって止めると、彼は心配そうにわたしの顔をじっと見た。

「汗をかいたなら水分をきちんととらないといけませんよ」

「ええ……本当に、今は喉が渇いていなくて」

ギルフォードにお茶を勧められてドキッとした。

とてもではないが、わたしはここではお茶を口にすることはできない。テーブルの上に置かれているコーヒーやお皿の上のお菓子に口をつけることを考えるだけで、ウッと胃の中から何かがせり上がってくるのを感じてしまう。

強く固辞すると、ギルフォードはそれ以上何も言わず、カップの中のコーヒーを一気にあおる。そうしてソファーから立ち上がった。

「突然の訪問でしたが、つい居心地の良さに長居をしてしまいました。申し訳なかったです、アルマ。そしてステラ」

「いいえ！　思いがけずすばらしい出会いを授かったと思っています」

話を聞いている限りでは、二人でわたしの話しかしていなかったようなのに、いったい何がすばらしかったのだろうか？

まあ、余計なことは考えないほうが幸せかもしれない。それに、これでようやくほっとできるのならと思い、ギルフォードへの挨拶をするためにお兄様の横に並んだ。

「ところでステラ、僕が送った手紙の返事はいただけたでしょうか？」

……あ！　とりあえず簡単にすむものからと考えて、まだ封も開いていなかった……。

「その……いいえ、申し訳ございません。まだ送ってはいなくて……。お返事は後ほど送らせていただきますので……」

読んでもいませんとはさすがに言えない。だから、後で必ず送らせていただくということを伝えると、ギルフォードの顔が明るく輝いた。

「では、ＯＫということですね。嬉しいな。ねえ、ステラ。どこか行きたい場所はありますか？」

「は？　……あの、いったい何、を……ギルフォード、様？」

「当然、明日のデートのお誘いの返事です。了承いただけるならば返事を、無理ならば遠慮なく無視してくださいと書いてあったでしょう?」

　読んでいませんっ！

　そう口から飛び出しそうになるのを、グッと抑えた。

「僕は魔法騎士団の仕事の休みを少しまとめて取ったんです。せっかくこちらへ来たのだから、久しぶりに王都を楽しもうと思いまして」

　え、待って。なんだか上手く誘導された気がする……。

　慌ててお兄様の方を見ても「ダメだ。俺には断りきれない」というアイコンタクトを送ってくるだけだ。たしかに意気投合したといっても、男爵家の息子が王子殿下に対して断りを入れるのはハードルが高すぎる。しかし基本引きこもりのわたしが、いったいぜんたいどうやってギルフォードと一緒に出掛けられるというのだろう。

　そうでなくてもわたしには大きな問題がある。

　勿論、宝石眼もその一つだが、目薬のように薬で対処できない分、より切実な問題だ。

　やはりここはなんとかして断ろう。そう思ったのに……。

「では明日の昼過ぎに迎えにきます。楽しみにしていますね、ステラ」

　ギルフォードのはにかむような笑顔を見て、グッと揺さぶられる。

　ああ、なんでこんなところだけ昔のままなのだろう。少年の頃のギルフォードが本当に嬉しいときにする笑顔に……結局陥落してしまった。

「……はい。お待ちしています」

屋敷を去るまで笑顔を絶やさないギルフォードと対照的に、ヒクつく顔を抑えきれないわたしたち兄妹。お見送りの途中で、肘でツンツンと突きながら「おい大丈夫か？」と心配してくれるお兄様には悪いけれど、全く大丈夫ではありません。

心配のあまり痛む胃を押さえながら、明日はどうなるのかとわたしはそっと目を細めた。

昼過ぎに迎えにくると言っていたギルフォードだが、その彼からの贈り物が朝一番、コートン男爵家の屋敷の扉が開くのと同時に届いた。

大好きなピンク色のふんわりしたドレスにレースの美しいリボン。高すぎず、低すぎることのない踵の、つま先が丸みを帯びた靴。リボンとお揃いのレースとアクセサリーの付いたバッグがまた可愛らしい。

それらを身に着け、明るい茶色の髪をクルクルと巻いて耳の下で二つにまとめるとお出掛けスタイルの完成だ。勿論、目薬をさし直すことも忘れない。

「まあ、ステラお嬢様！　お似合いでございます」

「まるでお嬢様のためにあつらえたような贈り物ですわ」

侍女がこぞって褒めてくれるし、自分自身よく似合っていると思う。

イリニエーレには驚くほど可愛らしいものが似合わなかったので、ステラとして生まれ変わってからというもの、大好きなものに囲まれて本当に幸せを感じている。

しかしギルフォードからの贈り物が恐ろしいほど全てがわたしの好みだったことに、嬉しいと思うよりも先に、ちょっと怖いと思ったのは内緒だ。

約束の時間ぴったりに到着したギルフォードの第一声は見事にわたしを称える言葉だった。

「お待たせしました、ステラ。ああ、僕のプレゼントをさっそく身に着けてくれたのですね。よかった……凄くお似合いです」

可愛らしいです、とニコニコしながら伝えてくれるギルフォードの姿に、昔の面影を見て少しキュンッとなった。

そういえば、死んでしまう少し前に綺麗なレースのリボン——ちょうど今日の贈り物に似たものを、小さなギルフォードがイリニエーレの髪に一生懸命結んでくれたことがあった。

『とても可愛らしいリボンですが、わたしには似合わないのでは？』と尋ねると、『いいえ。イリニエーレ様、とっても可愛いです』と答えた彼の言葉に、ささくれた心が潤ったのを覚えている。

「ギルフォード様、素敵な贈り物をありがとうございます。あの……とても気に入りました」

素直にそう伝えると、ギルフォードがサッとアネモネの花束を差し出した。赤色を基調とした可憐な花はわたしの一番好きな花だった。

「昨日ＯＫをいただいてから、とても楽しみにしていました。素敵なステラとデートができることに感謝を込めて」

「その……あ、はい。重ね重ね、ありがとうございます……」

今日のギルフォードは、デビュタントの日に着ていた魔法騎士団の騎士服のように飾緒や勲章は付けていない。

襟元に華やかな刺繍の入った淡いグレーのジャケットに美しい青いブローチ。そして細身のトラウザーズという姿。形はシンプルではあるが、彼の濃紺の髪とのコントラストが美しい素敵な出で立ちだ。きっと誰もが釘付けになるだろう。

そんなギルフォードから「可愛い」とか「素敵な」とか褒められ続けると、それだけで顔が火照ってしまう。ただでさえ家族と使用人以外とは会うことがめったになく、彼ら以外からは褒められ慣れていないのだ。

……もう少し、黙って……本当に。出掛ける前から疲れちゃう……。

わたしの気持ちが伝わったのか、ギルフォードはサッと手を出して馬車へと誘う。

「では、さっそくデートに出掛けましょう。今から向かうのは、僕のお勧めの場所です」

「お勧めですか？　いったいどちらなのでしょうか？」

「到着してからのお楽しみですよ」

彼はいたずらっぽく笑うと御者へと出発の合図を出した。

「さあ着きましたよ、ステラ。ここがどこだかわかりますか？」

ギルフォードの言葉に身を乗り出して馬車の窓からわたしが見たものは、王立植物園と書かれた門扉だった。

ここはイリニエーレが成人した年に提唱した、レーミッシュ王国内にとどまらず、近隣の国々の珍しい植物を集め育てるために設立した施設だ。敷地の半分は王国民に開放して植物への興味を持ってもらい、もう半分は植物で人々の役に立つ研究をしてもらうためのものだった。

翌年に死んでしまったため完成は見られなかったけれども、こんなに立派な施設になったのだなと、あらためて感動した。

ステラとして生まれ変わってから書物などでは知っていた。しかし一般に開放されていることもあり人目が多く、コートン家の屋敷とは離れた南外壁近くの植物園まで出歩くのは不安があったため、こうして直接植物園へ足を運ぶのは初めてだった。

「それでは、ステラ。どうぞ」

ギルフォードの支えで馬車から降りると、彼はわたしへ右腕をクイッと差し出す。一瞬とまどったが、人目の多い場所でギルフォードに恥をかかせてはいけないと思い直し、素直にその腕に自分の手を掛けた。

そうして入場した植物園は、思っていたよりもたくさんの植物に溢(あふ)れていて〝植物鑑定〟のギフトを持つわたしにとってはまさに宝の山だった。

一般公開されているエリアでも珍しい植物があちらこちらに植えられていて、興奮はとどまることを知らない。本に書かれていても、ギフトの〝植物鑑定〟で実物を鑑定するのとでは微妙に違うことも多いのだ。

「凄いわ！　どれもこれも植物図鑑でしか見たことがないものばかりよ！　これはカラドラ国のヤポンね。あ、あっちはジュラの草でしょう？　あれは解熱作用に優れているって書かれていたけれど……やっぱりそうなのねえ。でも少し用途に気をつけないとダメかしら？　あら、あれは……と、と……あっ！」

気がつけばエスコートをしてくれていたギルフォードの腕を離して、植えられている植物の間を覗(のぞ)き込みながらちょこまかと動き回っていた。

「あ、あの……ギルフォード様、すみません……」

さすがにエスコートの男性をほったらかしにするのはダメだろう。

生まれ変わる前も今も、異性との外出というものを知らないわたしでも、これでは男性のメンツが丸潰れになることくらいはわかる。そうでなくてもギルフォードは第三王子という立場もある。

ああ、やってしまったわ……。

失態に首をすくめると、ギルフォードの右手が差し出された。気分を害するどころか、とても嬉しそうな笑顔を見せる。

「いいえ、ステラが楽しそうで何よりです。それよりどうですか、この先にある研究施設にも見学の申請をしてありますので、せっかくですから覗いてみませんか？」

「見ます！　あ、いえ……ぜひ、見たいと思います」

食いつき気味のわたしの答えに、ギルフォードは口元の笑みをいっそう深くした。

「まあ……素敵！　なんて、幻想的なの……」

研究施設に併設されている温室のうちの一室では、通常では育たないと言われていた雪の結晶のような花びらを付けるブリザードが咲き誇っていた。雪の中でうっすらと青白い光を放つ姿は荘厳と言ってもいい。温室の外から見ているだけでもうっとりする。

「そうですね。こちらは研究員がビレニー山頂で採取し繁殖に成功したものです」

繁殖に成功したと一口に言っているが、これは環境を整えるだけでも大変なことだろう。この花が咲いている温室の温度は零下まで下がっていて、雪さえちらついているのだ。

わたしは案内してくれている研究員に尋ねた。

「こちらの室温調整は魔法で行っているのでしょうか？」

「はい。植物園の中の稀少植物は全て魔法で温度管理しています。おかげで極寒から灼熱の生育状況を保たせることができます」

これ一室だけでなく!? それでは膨大な魔力だけではなく、媒介のための魔石も大量に必要になってしまわないだろうか?

魔石とは、魔物や魔鉱石場から採れる、魔力を帯びた石のことだ。魔法を使うときのエネルギーとなり、その石の大きさや品質によって帯びる魔力量も変わるので、ものによってはかなり高額になる。

しかしイリニエーレが提唱したときには予算の関係上で、ここまでの規模のものではなかったはず……。いったい今の管理は誰が?

わたしの疑問に答えるように研究員が嬉しそうにギルフォードへと向いた。

「こちらの植物園は、ギルフォード殿下が管理責任者となってくださったおかげで滞りなく研究を進められています。本当にありがとうございます」

研究員たちに礼をされると、ギルフォードは少し困ったように頬(ほお)を指でかいた。バレてしまったな、と言うように恥ずかしがるときの癖。本当に、全然変わっていない。

けれど、どうしてそこまでしてこの植物園を守ってくれているのだろうか?

研究施設を出て、馬車の停車場まで歩く途中で尋ねてみた。

「どうして、ギルフォード様が植物園の支援をしていらっしゃるのですか?」

「……似合いませんか？　魔法騎士には」

「いいえ。なんというか……ただ、知りたくて……」

わたしの言葉に、ギルフォードはふーっと息を長く吐いてから答えてくれた。

「そうですね、世界中の植物があれば、どんな薬でも作れるんじゃないかと」

「どんな、薬でも？」

「ええ。どんな病気でも、ケガでも……それから毒でも。魔法は有益ですが、その恩恵を受けられる人たちばかりではありません。他にも助けられる命があるのなら、助けたい。ずっとそう思っていました」

そう言って一瞬遠くを見た彼の横顔に、わたしは申し訳なさを感じてしまった。

ああ、やはりイリニエーレの死は、ギルフォードに少なからず影響を与えてしまったのだと、キュッと唇を噛む。

「あ、あの……」

「とはいえ、別にそう大したことではないんですよ。そもそも僕は魔物退治に明け暮れていることで、王族らしくないと常日頃から叱責されていましたからね。支援金を出すことは王族の務めとしてうってつけだからです」

「え？」

「僕の王族として支給される支度金をただそのまま流しているだけですから、特にどうこうというわけでもないんですよね」

道楽と言えば言えます。などと、あっけらかんと言ってのけた。

あまりにさっぱりとした顔で言うのでいまひとつ判断に困る。本音がどうなのか、ギルフォードの顔をジッと覗き込んで探ろうとしていたら、いつの間にか二人見つめ合う形になっていた。

するとギルフォードは眩しいものでも見たかのようにふいに目を細める。

そこには、いつものように少年だった頃のギルフォードの面影があるものの、それとは違う成長した男の人の力強さを感じてしまう。

あれ……。なんだか……凄く、ドキドキする……。

胸の鼓動が少し速くなるのを感じていると、おもむろにギルフォードが口を開いた。

「ステラの瞳は美しい青色ですね」

「はい?」

「随分前にも同じように美しい青を見たことがありました。キラキラと光る……僕の、大事な思い出の青です」

うっとりとした表情でわたしを見つめるギルフォードの視線から、なぜか目を離すことができない。

「あの……ギルフォード様……?」

「すみません、ステラ」

瞬間、胸がドクンと音を立てて大きく跳ね上がった。

あ、ダメ……。

反射的に顔を伏せてしまいそうになるのを、ギルフォードの声が押しとどめた。

「お願いです、ステラ。少しの間だけそのままでいていただけますか」

動かないで――。そう懇願されて身動きがとれなくなる。

ゆっくりと持ち上がった彼の手がわたしの頬にそっと触れる。

激しく鳴り続ける心臓の音のせいで震える唇へ、ゆっくりとギルフォードの顔が近づいてきた気がした。

……キス、される⁉

待って、待って！　なんで⁉　どうしよう。いくらなんでも……こんなのって……。

「ステラ……」

やっぱり、ダメ！

「いやっ！」

ギルフォードの声がわたしの名前を呼んだのと同時に、彼を避けるため体を押しのけて勢いよく後ろに飛び下がった。ドンッという大きな音と共に並木に背中を思いっきり打ちつけてしまい、その場にぺたんと座り込んでしまう。

予想外の出来事に驚いたのか、先ほどの甘い空気などどこかに飛んでいってしまったように、ギルフォードも目を丸くしてわたしを見ている。

「大丈夫ですか、ステラ⁉」

すぐに我に返ったギルフォードが慌てて手を差し出してくる。

「頬に睫(まつげ)が付いていたので、取ってあげようとしたのですが、びっくりさせてしまいましたか？」

嘘(うそ)ーっ⁉　ま、睫？　やだ、凄い勘違い……。

あんなタイミング、絶対にキスされるかと思った……。

バカ、バカ。どうしよう。恥ずかしすぎて……ちょっとギルフォードの顔を見られない。

「あ、あ……その……すみませんっ……！」

差し出された手を取るよりも、とにかく押してしまったことへの謝罪を口にする。

目を瞑(つぶ)り勢いよく頭を下げた途端、突然わたしの頭の上にボトボトと何かが落ちてきた。

「……え？　きゃー！　虫？　むしぃーっ⁉」

きゃあきゃあと叫び、慌てて振り落とす。スカートの上にぽとりと乗ったそれは幸いなことに苦手な虫ではなく花の蕾(つぼみ)だった。

どうやら樹木の上で遊んでいた鳥たちが邪魔されたと言わんばかりに、啄(ついば)んでいた花の蕾や葉っぱをわざと落としていったようだ。

……うん、虫じゃなくてよかった。

ホッと息を吐き、ピイーピイと鳴きながら木の上で旋回して飛んでいく鳥たちに向かって手を振って謝る。

「もー、わざとじゃないんだからね！　でも、騒々しくしてごめんなさーい！」

するとそんなわたしの振る舞いがおかしかったらしく、我慢しきれなくなったギルフォードが「ハハッ」と声を出して笑った。

しまった……。つい、いつものお兄様と一緒にいるときのような地が出てしまった……。

「わざわざ謝らなくても、そんなことくらいでは鳥も怒らないでしょう」

クッ、クッ。と、隠す気もなく笑うギルフォードに少しだけムッとした。

「そんなことないですよ。鳥には縄張り意識が強い種類もいますからね。子どもの頃、お兄様と一緒に木に登って鳥の巣を覗いたときには母鳥に屋敷まで追いかけられましたもの」

その後一晩中部屋の硝子（ガラス）を嘴（くちばし）で叩（たた）かれ続け、朝まで寝られなかったのだ。アルマお兄様が。

ドレスに付いた草をパンパンッとはたきながら立ち上がる。

「怒らせたら怖いんですよ」と、少し低めの声で脅かすように言ってみたら、今度こそギルフォードは「クッ、ハハハハー！」と吹き出してしまった。

木によりかかりながらお腹（なか）を押さえて笑い続けるギルフォードを見ているうちに、だんだんと調子に乗りすぎた自分が恥ずかしくなってくる。

そもそも自分がキスされるなんて勘違いしたからこんなことになっているのだ。いたたまれなくなり肩をすぼめる。

「ああ、おかしい。ステラは僕が思っていたよりも、ずっとおてんばなのですね」

「そ、そう……見えますでしょうか？　ホホ」

いや、誰が見てもおてんば以外の言葉が出ないわよねえ……。

そうでなくても昨日から普通の貴族令嬢らしからぬ、変なところばかりを見せている。

「はい。とても楽しそうで、そんなあなたが凄く可愛らしいと思います」

蕩（とろ）けるような笑顔を向けて、まるで愛の言葉のように囁（ささや）くギルフォードの顔がキラキラしすぎて凝視できない。

「あ、ありがとう……ございます」

目を伏せてごまかしていると、彼の手のひらがわたしの髪にそっと触れた。

「睫は取れたようですが、まだ髪に先ほどの蕾がついていますよ、ステラ」

「え……あ、蕾？」

「気になるようでしたら、確認してください。僕はその間向こうを見ていますから」

ギルフォードはそう言うとわたしに背を向けた。

バッグの中から携帯用の鏡を出して、急ぎ髪と顔をチェックする。一応宝石眼も確認してみたが大丈夫だった。それでも念のために目薬もさし直しておく。

その間、ギルフォードを横目でうかがっていたが、特に変わった様子も見られない。

……キスされるかもだなんて、ちょっと勘ぐりすぎたかな？

顔を近づけられただけで、勝手に驚いて失礼なことをしてしまったと思う。わたしは身だしなみを整え終えたフリをして気持ちを落ち着かせると、ギルフォードの腕を取った。

「すみません。もう大丈夫です」

「そうですか、それはよかったです。花の蕾もステラに惹かれて離れがたかったでしょうね」

何も気にしていないというように、ギルフォードは答える。

ただ、いちいちわたしを持ち上げるのは少し恥ずかしい。しかもそれを意識しないでやっているようなところが、また……。

馬車の停車場に着くと、たくさんの人たちの出入りが目に入った。どうやら今では植物園の開放された部分は王国民の憩いの場になっているようだ。

貴族の馬車だけでなく、乗り合いの馬車も停車している。何よりカップルや家族連れの人々がとても楽しそうにバスケットや敷物を持って歩いているのを見ると、なんだかわたしも幸せな気分になってくる。

「素敵な植物園でしょう？　皆、ここが大好きなんです」

「ええ。そのようですね」

「僕の道楽でこの幸せが守られるのなら、ずっと守っていきますよ。それが、僕の願いでもあります」

そう言って笑う姿は、まぎれもなく王国民を率いる王族の姿だった。

わたしはそんなギルフォードの成長を嬉しく思う反面、ほんの少しだけそれを一緒に見てこられなかったことに寂しさを覚えたのだった。

植物園からの帰りの馬車の中で、「明後日は、ぜひ観劇に付き合ってもらいたいのですが」とギルフォードからお誘いがあったときは、さすがに第三王子と続けて出掛けるのは目立ちすぎると考えてお断りしようとした。

「ジョカーレ・ヴィア劇団の新作が王立劇場でかかると聞いたので、ステラがよければ」

え……。

「ピンタレアリ音楽団の演奏だそうです」

ええ、えー……。

「今年一番の話題作になりそうですよ」

それは、観たいっ……！

わたしの今世での少ない趣味の一つが観劇だ。

イリニエーレが七歳で宮殿へ入ったばかりの頃は、楽しみと言えば本だけであり、没頭することで辛い妃教育を忘れることのできる逃避でもあった。だから成長してからも物語に限らず、詩や歴史書、単なる目録書であっても目に付いたものを片っ端から読んでいたものだ。

今世でも同じように楽しんでいたのだが、七歳になったある日、初めてお母様に連れていってもらった観劇で、本だけでは味わえない臨場感溢れる台詞や流れる音楽に出会ってからは大の演劇ファンになってしまった。

演劇に身をまかせていると、まるでわたし自身が物語の中の登場人物になった気がする。

劇場ならばボックス席もあるし、ギリギリの時間に飛び込み足早に出てしまえば人目にもつきにくいということも都合が良かった。

とはいえ、商会の仕事で忙しい家族に付き添ってもらうのはそうそうお願いできるものでもない。年に二、三度観劇できればいいほうなのだ。

そこに人気劇団と音楽団の新作の話を聞いてしまっては、いてもたってもいられなくなり、深く考えるよりも早くギルフォードのお誘いに頷いてしまった。

植物園のときと同様に、観劇の日である今日も当然のようにドレスや靴にアクセサリーなどが朝一番で屋敷に届いた。

今度のドレスは観劇にふさわしく、鮮やかなグリーンが目をひく、とても華やかなドレスだ。

そこにシルバーの大ぶりな細工に濃いサファイアがアクセントになったネックレスとイヤリング。今までにない少し派手な格好が似合うことに自分でも驚く。

いったいこんなセンスをいつどうやって磨いたのかしら？

そんなことを考えているうちに、ギルフォードが約束の時間にやってきた。今日の馬車は王国一の劇場にふさわしく黒塗りに金の装飾がされたとても美しいものだ。

そしてギルフォードもしっかりと正装——魔法騎士団の騎士服に身を包んでいる。今日はマントを外しているので、手足が長くスタイルがいいのが余計にわかる。

「ステラ！　あなたをお待たせしていなければよいのですが」

「いいえ。時間ピッタリです、ギルフォード様」

私の顔を見るなり駆け寄ってくるギルフォード。今日は特に頬が上気しているように見える。

「あの、どうかなさいましたか？」

「いえ……ステラがあまりにも素敵すぎて。どうしたらいいのかわからなくなりそうです」

「……その、あ、ありがとうございます」

ここまで男の人に手放しに褒められたことがないので、こちらのほうこそなんと言っていいのかわからない。赤らんでくる顔を抑えながらお礼を伝えると、ギルフォードはニコニコというよりももはや、ニヤニヤと頬を緩ませていた。

……こんなにも喜んでくれるなんて。

差し出された右手に自分の手を重ね合わせると、凄く恥ずかしいのになぜだか嬉しさも感じてしまう。このドキドキを胸に抱えて、王立劇場へ向かう馬車へと乗り込んだ。

「ああ……ヒロインがあんな場所で主人公と再会するなんて思いもよりませんでした。でも親友は少し怪しいですよね。あそこまで言われてもなお信じるというのは少し……あ」

気品ある濃い赤色のベルベットで統一された王立劇場のボックス席で、一幕が終わり幕間に入った瞬間、わたしは一気に感想をまくしたてた。

ミステリーの風合いが強い今回の新作劇は、ところどころ伏線らしきものがちりばめられていて、息もつかせないほどの面白さにワクワクしている。後半はどうなっていくのかと自分の考えを一生懸命説明する。

しかし今日一緒に観劇しているのがギルフォードだったと途中で我に返り、急いで口元を押さえた。そんなわたしを彼は嬉しそうに見つめている。

「あなたは好きなもののことになると、こんなにも饒舌になるのですね」

……またやってしまった。植物園でのことといい、自分の好きなことになるとついつい熱が入りすぎてしまう。

イリニエーレだった頃はこんな衝動をどのように律していたのだろうか。そこだけは遠い記憶になってしまっている。

「お騒がせしまして申し訳ございません、ギルフォード様」

「いいえ。ステラの話はとても楽しくて興味深いことばかりで、つい聞き惚れてしまいます」

「そんな……」

「あなたのお喋りを、ずっと隣で聞いていられたならいいのに……」

うっ……！　恥ずかしげもなく語るギルフォードに、思わずのけぞりそうになる。

この歯の浮くような台詞はなんなの？

そういえば、デビュタントのダンスのときからそんな様子はあったけれど……ギルフォードってば、いつの間にこんな女性の扱い方をするようになったのかしら？

植物園のときといい……こんなの、絶対に勘違いしちゃうじゃない。

しかし当のギルフォードは何でもないようにソファーから立ち上がると手を差し伸べた。

「ああ、すみません。ステラとの会話が楽しすぎて忘れていました。幕間が終わる前に何か軽食でもとりにいきませんか？」

幕間で軽食や飲み物をとるのはこういった観劇では当たり前のことだ。休憩も入れずに一気に観せるような劇もあるらしいが、普通は二、三度幕間が入り、ロビーなどで軽食をとりながら会話を楽しむことができるようになっている。しかし――。

「あ、あの。わたしは結構ですので……」

断るとは思っていなかったのか、ギルフォードはびっくりしたように目を開いた。

「喉は渇いていませんか？　始まる前も何も飲んでいませんでしたよね？　もしよろしければ苺のソルベもあるようですが」

　苺のソルベ。それもわたしの大好物だ。

「大丈夫です。ここは空調が効いていますから、本当に喉は渇いていないのです。ですので、ギルフォード様だけでも行ってきてください」

　必要ないと再度きっぱりと断る。

　あまりに意固地になると気分を悪くするかな？　それで二度と誘わないと言われれば、もう目立つことはないと、ホッとするだろう。ただ、きっと寂しくもなるはずだ。

　ギルフォードはわたしへと差し出していた手をギュッと握るとそのまま腕組みをした。

「なら僕もやめておきましょう」

「え、ギルフォード様はどうぞ……」

「いや、別に僕も喉が渇いていたわけではないんです。ただ僕の贈ったドレスを着たあなたと一緒にロビーで話をしてみたかっただけですから」

　でもここでなら逆に独り占めできますね。と、真顔で付け足した。

「あ……ええと、その……はい」

　ギルフォードの率直な言葉に顔が火照る。

　何を言い出すのかわからないし、甘すぎる台詞は慣れないけれども、特に問いただすでもなくこうしてわたしのことを気遣ってくれる気持ちは嬉しい。

　ちょっとだけ格好つけすぎている気もするけど……。

　それでもやっぱりギルフォードとお喋りするのは楽しくて、二度の幕間ともどこへも出ずにそのままボックス席でいろいろと話をした。特に劇中の考察はわたしの考えよりも深くて納得するところも多く、いつもよりずっと楽しく観劇できた。

　だからだろうか、役者がカーテンコールに応えている間中も、ずっとその余韻に浸っていられるくらいに浮かれていた。

「とてもすばらしいお話でした！　音楽も聴きごたえがありましたし、なんといっても最後の主人公たちが美しくて……！」

「あれは劇作家の実話だという話を耳に挟みましたが、本当だと思いますか？」

「ええっ、そうなのですか？　どうでしょう。それはそれで素敵かと思いますが」

　ボックス席を出ても興奮冷めやらぬわたしが今回の劇について話し続けても、ギルフォードは嫌な顔もせずに相手をしてくれた。そんな会話がとても楽しくて、誘ってもらえてよかったと本当に思う。

　しかし、夢中になっていたわたしは周りが見えなくなっていたし、幕間にロビーへ出ることがなかったからギルフォードも気がつかなかった。

　まさか、この劇場にあの人が来ていたなんて……。

「なんだ、お前も来ていたのか。ギルフォード」

「……ええ、アーノルド兄上。お久しぶりです」

「ふん。しばらく顔を見ないうちに、随分とでかくなったものだな」

ロビーでそう彼へと声を掛けてきたのは、ギルフォードの腹違いの兄、王太子のアーノルド殿下だった。

煌(きら)びやかな飾りをゴテゴテと付けたジャケット姿のアーノルド殿下はワイングラスを持ちながら、両隣に王太子妃のロザリア様と第二妃であるベルトラダ様を侍(はべ)らせている。

人気劇団と楽団の新作劇なら当然ながら多くの貴族が観にくるだろうと予測していたものの、まさかピンポイントでわたしがこの世界で一番会いたくない人たちと出会うことになるとは思わなかった。特に酔っているアーノルド殿下は、ただでさえ尊大な性格がいっそう助長するので絶対に避けたい。

わたしはそっとギルフォードの背中に隠れ、できる限りアーノルド殿下の目に入らないようにする。

アーノルド殿下はワイン片手にギルフォードへ近づいてくると、半笑いでケチをつけ始めた。

「王都に寄りつきもしなかったお前に観劇の趣味があったとはな。いや……それとも、地盤固めのためのパフォーマンスでもしているのか？　いろいろと歩き回っているようだし」

まあ、無駄だろうが。と、言いながらゲラゲラとお腹を抱えて笑い出す。

アーノルド殿下の後ろに控えていた側近のマクシム・ライド伯爵家子息が、振り回してこぼしそうになっているワイングラスを黙って受け取っていた。

マクシム様はイリニエーレがアーノルド殿下の婚約者だった頃からずっと殿下の側に付いている最古参だけあって、扱い方をよくわかっている。

主人に似て、イリニエーレに対してあまりいい感情を持っていないのが態度でわかるほどだったが、直接何をしてくるというわけでもなかった人だ。

「いいか、第三王子であるお前を支持しようとするヤツなんているわけがないんだからな！　いくら小さいときは父上に可愛がられていたとはいえ、今はそうじゃない。お前は大人しく魔物退治でもしながら田舎に引っ込んでいればいいんだよ」

しつこく言い放つアーノルド殿下に、ギルフォードは口元だけの笑みを作りながら答えた。

「劇場は劇を楽しむものであって、妄想を垂れ流す場所ではありませんよ、兄上」

「……はぁ？　お前、何をっ……」

「ああ、申し訳ありません。連れを送らねばなりませんので失礼します。機会があるのかはわかりかねますが、そのときには今日の感想をぜひ兄上と語り合いたいと思います」

一気にまくしたてるとギルフォードはわたしの腰を支える。

「急いで帰りましょう、ステラ。きっとアルマが気をもんでいますよ」

「……え、ええ。ギルフォード様」

優しいエスコートの手とは裏腹に、ギルフォードの横顔が酷く冷たく尖って見えた。

出口へと急ぐわたしたちの後ろから「あれがギルフォードの、か……」「はい……」などと不穏な台詞が漏れ聞こえる。

同時に、蛇が絡みついてくるような視線を感じ、なんだかとても落ち着かない気持ちでわたしは帰途についた。

第三章　ギルフォードからのプロポーズ

ギルフォードと一緒に出掛けた観劇はとても楽しかった。あれほど劇の内容について話ができたのは初めてだったから、もう三日も経（た）っているというのにまだその余韻が抜けきらない。

わたしは昼だというのに自室のベッドにだらしなく寝転びながら、先ほど彼から届いたパーティーの招待状について考えていた。

あの日、思いがけずアーノルド殿下と行き会ってしまったことで、やっぱりこれ以上ギルフォードと一緒に出掛けることは難しいなと感じたのもたしかだった。

一つ間違えると、とんでもないことになりそうだ。

彼らは年も離れているし、そうでなくても元々仲の良くなかった二人だから、あえて自ら接触しようとは考えていないだろう。しかしあれでも一応は兄弟だ。そのうえアーノルド殿下は王太子であるから、ギルフォードの立場上、公（おおやけ）に声を掛けられれば無視はできない。

そうでなくともこのまま懐かしさにひかれて、いつまでもギルフォードのお誘いを受けることはわたしにとっても良いことではないとわかっている。

目薬で一定時間は隠せるからといって、わたしの宝石眼（ほうせきがん）が消えてなくなるわけではない。

その存在がバレてしまえば、またあの宮殿に押し込められるのではないかと思うだけで心臓が痛くなり息が苦しくなってしまう。

わたしはもう二度とあんな鳥籠のような場所へ戻りたくないし、戻るつもりもないのだから。

——イリニエーレはビエランテ辺境伯家の長女として生まれた。

生後数日で目が開き、宝石眼が確認されると真っ先に王家へと報告され、すぐさまアーノルド殿下との婚約が調えられた。

王家から派遣された乳母と侍女に育てられ、自分の両親、長男である兄とのふれあいもほとんどないまま七歳になると領地を離れることとなった。

イリニエーレはその日がとても寒かったのを覚えているのにもかかわらず、そのときに見送ってくれた家族がどんな表情をしていたのかは覚えていない。

見送りに並ぶ彼らが本当に自分の家族であったのかも曖昧（あいまい）なまま馬車に乗り込んだのだ。

ただ真っ白な雪の中に残る馬車の轍（わだち）だけが、イリニエーレがそこで幼少期を過ごしたという証（あか）しであったのだが、それもすぐ降り積もる雪に掻（か）き消されていった。

そして流されるままやってきた宮殿では、気心知れた乳母たちとも離され新しい教師と侍女たちによる厳しい妃（きさき）教育が始まったのだ。

そこでイリニエーレは王族として覚えるべき知識、身のこなし、儀式についての所作、それから責務をみっちりと詰め込まれる。

宝石眼の乙女として完璧な正妃になるべく教え込む教師たちは熱が入りすぎて体罰も辞さない。彼らの熱心な指導に、幼いイリニエーレは毎晩枕を濡らしながら眠りにつくほどだった。ただでさえ慕う者がいない宮殿生活。甘えやわがままなど口に出せるわけもなく、元々口数の多くなかったイリニエーレは日を追うごとに表情をなくしていった。

だからだろうか、未来の王太子として甘やかされて育てられたアーノルド殿下とは心が通うどころか、何一つイリニエーレには感情が揺さぶられるものがなかった。当然ながらアーノルド殿下のほうも同じ気持ちだったろう。

ただ一つ心を許したのは、当時ガルドヴフ国王陛下へ嫁してきたばかりのグロリアナ第二王妃。宮殿の中でひとりイリニエーレを気にかけ、辛抱強く優しく声を掛けてくれた女性。

古代竜――人化し、人と番い、宝石眼を乙女に与えたとされている古の竜が、初めて降り立ったとされる伝説を持つアスベラル国の王女は、自国の伝説やいろいろなおとぎ話を楽しそうにイリニエーレに語ってくれた。

ほどなくして彼女から生まれた第三王子のギルフォードの小さな指がイリニエーレの指を握ったとき、初めて本当の愛情というものの温かさを知ったのだと思う。

そんな心優しいグロリアナ第二王妃殿下が、ギルフォードの七歳の誕生日を待たずして亡くなってからというもの、イリニエーレの癒やしはギルフォードと過ごすひとときだけとなる。

成長するにしたがいアーノルド殿下との溝は深くなるばかりで、ギルフォード以外は誰もイリニエーレの心の内など気にもとめず、遠巻きに見ているだけだった。

ただ、宮殿という名の籠の中に押し込められた〝宝石眼の乙女〟それだけがイリニエーレの存在理由であるかのように――。

いやいやそんなもの、同じ宝石眼でありながらも、コートン家で愛情をたっぷりと与えられた今のわたしに我慢なんてできるわけがないじゃない！

わたしは寝転んでいたベッドの上から勢いよく飛び起きた。

やっぱりギルフォードとは距離を置こう。彼に振り回されるように出掛けるのは嫌じゃなかった……いいえ、それどころか途中からは心の底から楽しんでいた。

それでも今のままではいつか、わたしがイリニエーレの生まれ変わり……とまではいかないまでも、宝石眼の持ち主だと、バレてもおかしくはない。

とりあえず今日届いた招待状の断りの返事を書くために文机（ふづくえ）に向かった。これからもし、ギルフォードからお誘いがあったとしても断固として断る。

わたしはそう決心した。

した、はずだった……。

「ステラに快く招待を受けてもらえて、とても嬉しいです」

は……？　受けてはいませんがっ⁉

コートン家の屋敷で花束を持って立つ、見るからに浮き立っているようなギルフォードの笑顔が眩しい。

……あれ？　わたし今日のお誘いは断ったわよね。うん、たしかに手紙の返事にそう書いた覚えがあるのだけれど、何かの間違いだったかしら？

視線を横に動かしながら悩んでいると、ギルフォードの後ろに立っていたアルマお兄様が両手を顔の前で合わせ「すまん！」と口をパクパクさせていた。

お兄様のせいかー……。しかしいったい、いつの間に？

あれでもアルマお兄様は実業家コートン家の跡取りだけあって、お父様たちから話に聞く限りでは若い貴族令息の中では駆け引きは上手いほうらしい。それが、ああも上手に手のひらの上で転がされるのは何なのだろうか。

多分また、わたしにはわからないわたしの話で盛り上がったんだろうなあ……。

妹バカなお兄様は、ときどきわたしのことになると我を忘れることがある。それも愛情の証しだと思えば普段ならば苦笑いですむのだが、今回ばかりはそうも言ってはいられない。

「後で覚えていてよ！」と、口パクで返すと、お兄様の大きな体が明らかにシュンッと一回り小さくなった。

そんなお兄様をひと睨みしてからギルフォードへと視線を移すと、目が合っただけでも嬉しいというように柔らかく笑う。

ああ、こんな顔を見せられては断りきれない。だから手紙で返事をしたというのに、本当にお兄様の、バカバカっ！

「あの、今日はたしかパーティーのお誘いでしたよね……」

ギルフォードの手紙には、パーティーがあるので一緒に参加してほしいと書いてあった。

前回、二人で遊びに出掛けることだって断りきれずに行った結果が、アーノルド殿下との鉢合わせに繋がってしまったのだ。

パーティーでギルフォードの相手役として参加することになれば、相当面倒なことになりそうな気がする。

「……あのぉ、やはり……」

無理です、無理ぃー。行けませんっ！

と、気持ちだけは強気で言った。……はずだった。

しかしあまりの申し訳なさに声が小さすぎたのか、どうもギルフォードの耳には届かなかったようだ。ニコニコと笑いながら今日のパーティーの趣旨を話し出した。

「はい。先日の遠征でバーレ地方の魔物を一掃したことの慰労会だそうです。魔法騎士団ではよくこういったパーティーを行っているようなのですが、僕はめったに王都に来ることがないので参加するのも初めてでして」

「そうなのですか？」

ギルフォードは魔物討伐に忙しく、王都にはほとんど近寄らないということは話に聞いていた。しかし、まさか自分が団長である魔法騎士団主催のパーティーですら参加したことがないとは思わなかった。

……魔法騎士団長だというのに、仲間はずれになっているわけではないわよね？

「ええ。ですから、実は少し楽しみにしていたんです」

……そんな、初めてのパーティー参加だなんて、悲しくなるからやめてほしい。

そこまで言われてしまうと、余計に断り切れなくなってしまう。

「特に、ステラ――あなたと一緒に行けることを、とても」

背の高いギルフォードが顔を傾けながら上目遣いでわたしへ向くと、彼の緑の瞳が一瞬濃くなった気がして胸がどくんと跳ねた。

正直言って、わたしだってギルフォードと一緒に出掛けるのは楽しいし、こうして振り回されるのも多分……嫌じゃない。

小さい頃はくるくると表情が変わり、わがままなところもあったギルフォードは、今では随分と紳士的な青年になった。けれども変わらないところもいっぱいある。

でも、わたしはステラへと生まれ変わり、十六年前のイリニエーレとはやっぱり違うのだ。

「……ギルフォード様。実はわたし、食事は家族としかとらないのです。ですから、パーティーでは何も口にすることはしませんが、あの……それでも参加に問題はございませんか？」

意を決し自分の状況を伝えると、ギルフォードは一瞬動きを止め、「ああ」と頷いた。

以前わたしが頑なにお茶や軽食を断っていたことを思い出したのだろう。嫌な顔をするどころか、何かホッとしたように息を吐いた。

「全く問題はありません。ステラの好きなようになさってください。……むしろ魔法騎士団員は食欲旺盛な者が多く、みっともない姿をステラに見せないか、そちらのほうが僕には心配なくらいですよ」

ギルフォードはそう笑って答えた。普通、パーティーで何も口にしないとなれば『主催者を信用していない』と言っているようなものだ。

イリニエーレが受けた妃教育ならばそんなことは絶対に許されない。となれば、宮殿で育った第三王子のギルフォードも同じような教育をされているはず……。

しかし彼はそれを本当になんてこともないように言ってくれた。

「それならば……少々お時間をいただけますか？　今、準備をしてきますので」

そこまで言われてしまえば仕方がない。

「ステラはそのままでも十分可愛らしいですが、待てと言われればいくらでも」

……またそんな言葉をサラッと言う。

わたしは急ぎ支度をして、ギルフォードのエスコートでパーティーが行われているテイラー伯爵家へと向かった。

代々騎士を多く輩出しているテイラー伯爵家の屋敷は、煌びやかな宮殿とは対照的だった。

玄関ホールには騎士の鎧や剣が並べられていて、まさに〝レーミッシュ王国の剣〟と呼ばれるのにふさわしい剛の家系だということを感じさせられた。さらには、なんと驚くことにテイラー伯爵家では普通の動物とは全く異なる生き物、それは大きな魔物の剥製が飾られていたのだ。

「これが魔物……。初めて見ました」

魔物――それは一言で言えば異形のもの。普通の大型動物とは違い、魔石が額や胸に食い込んでいるのが特徴で、種類によっては火を吐き出したり氷の礫を飛ばしたりするものもいる。そしてその全てが人語は解さず、暴れ、人を襲い喰らうだけの存在だ。

しかし強固な外壁と五方に置かれた結界石で守られている王都まで魔物が侵入することはないため、外壁を出なければ一生魔物を見ずにすむ王都民も少なくない。

わたし自身、書物の中でしか魔物の様子を知らなかったので、つい興味深く見入ってしまった。

テイラー伯爵家のホールに置かれている魔物の剥製は、わたしの腕くらいの太さの牙が生えていて、長く鋭い鉤爪を持っている猫のような姿をした、とても大きなものだった。

「ステラは魔物に興味があるんですか？」

「あ、いいえ。ただ思っていたよりも不気味ではないのですね。顔だけなら猫みたいかなと」

四つん這いでもわたしの背では見上げるほどの大きさの魔獣に、驚き怖れながらも好奇心がむくむくと顔を出す。

どんな感じなんだろう？　ちょっとだけ触ってみたいな、と近づくわたしと剥製の間にギルフォードが割って入る。

「これは魔物の中でも小型の種族ですからね。たしかに動物っぽいと言えば言えます」

「えっ!?　これでも小さいほうなのですか？」

これだってわたしの背よりかなり大きいんですけれど……？

これよりももっと大きな魔物が人を襲ってくるのかと想像すると背中がゾクッとする。

「このタイプは毛に棘が隠れていますのであまり近づかないほうがいいですよ。魔法で加工処理をしていますが、万が一ということもありますので」

……やっぱり触らせてもらえるか聞くのはやめよう。

魔法が効かないというわたしの宝石眼の特性上、もし魔法処理すら無効にしてしまうと大けがをするかもしれない。無意識のうちに一歩後ろに下がると、今度は違う恐怖が頭の中に浮かび、胸がチリッと痛む。

「ギルフォード様は、魔法騎士団でこのような魔物と戦っているのですよね。あんな恐ろしいものと……大丈夫、なのでしょうか？」

「ええ、勿論。ステラが思うほど大変なことではないですから」

ギルフォードはそう言うが、危険がないはずなどない。いくら魔法が使えるからといって人よりも何倍も大きくて凶暴な魔物を相手にして戦うだなんてことが大変でないわけがない。

子どもの頃から魔法の素質は人一倍あったギルフォードだが、イリニエーレが花の棘で付けた小さな傷一つでも顔が真っ青になるほど気の弱いところもあった。

たしかに体が成長すると共に心のほうも強くなったのだろう。彼の今の様子を見ていても、一つ一つに自信が満ち溢れている。

ただそれでも気になるものは気になってしまう。

「……でも、やはり心配です」

眉を下げ、ぽつりと呟くように声を出すと、なぜかギルフォードの顔色がパッと輝く。

そしてわたしの両手をギュッと握ると嬉しそうに尋ねてきた。

「ハグをしても？　ステラ」

「え……いいえ。ダメです！　というか……急になんですかっ⁉」

「ステラに心配してもらえたことが、嬉しくて」

本当にダメですか？　とでも言いたげに上目遣いで見てきたので、わたしは慌てて両手を体の前でバッテンさせた。

いやいや、本当にダメに決まっていますからね！

いったい何がギルフォードの琴線に触れるのか全くわからない。すでにパーティーが始まっていて玄関ホールに人気がないといっても、他の人の屋敷で第三王子の彼にハグなんてされてしまったら大事になる。

絶対に無理だと断っていると、わたしたちの後方から「ブハハハハ！」と、大きな笑い声が聞こえてきた。

「いや、ギルフォード団長……そりゃこんなところではダメだろうよ。レディの身にもなれ」

「は？　横から口を出さないでください、チェスター」

赤い短めの前髪を逆立てたチェスターと呼ばれた青年は、魔法騎士団の騎士服を無造作に肩に掛け、近づくなりギルフォードの肩をバンバンと叩き出したが、そっけなくその手を思いっきり払いのけられていた。

「あの……魔法騎士団の、方でしょうか？」

「ああ、そう。チェスター・テイラーです。魔法騎士団副団長の」

テイラーといえば、正にこのお屋敷、テイラー伯爵家の方のはず。しかも副団長といえば、ギルフォードにとっても一番近い立場である。

チェスター様は口調といい、態度といい、剛の家系であるはずのテイラー伯爵家の人とは思えないほどかなり軟派な感じがする。しかし失礼のないように丁寧(ていねい)にお辞儀をする。

「初めてお目にかかります。わたしはコートン男爵家のステラと申します」

「……あ、君が！　あー、そうか。はいはい」

いったいわたしの何が「そう」なのだろうか。

不思議に思っているわたしをよそに、うんうんと頷くと彼はニカッと白い歯を見せて笑いながら手を差し伸べた。

「チェスターと呼んでください、ステラ嬢。以後お見知りおきを！」

「はい、チェスター様。本日は魔法騎士団のパーティーにお邪魔させていただ……」

しかしわたしが挨拶に応(こた)えようと手を出したところで、なぜかチェスター様の手が突然目の前から消えてなくなっていた。

一瞬、そのままの体勢で固まってしまう。不思議に思っているといきなり叫び声が聞こえた。

「痛(い)ってー！　ギル、何しやがんだ!?」

「騒々しいですね、チェスター。そんなことよりも早く会場へ入ったほうがいいのでは？　招待客がお待ちかねです」

え、ちょっと、え、え？　全く見えなかったのだけれど、今何があったの？

「いや、別にまだ始まってねえし。だいたい、団長のお前が普段から個人で魔物討伐なんて勝手ばかりしているから俺が団員の統制をして、あいつらのガス抜きにと宴会の場所を提供してやってんだぞ。お礼を言ってもらってもいいくらいなのに、ねえ？」

わたしへ顔を向けてチェスター様が同意を求める。しかしその視線もギルフォードがサッと間に入りシャットアウトした。

「わかりました。いつも感謝していますよ。……これでいいのでしょう？」

「うわぉ、すげえおざなりなお礼をありがとよ」

わたしはこの二人の言い合いを、口を挟まず静かに見ていたが、どうやらこんなやりとりが通常運転らしい。大笑いしているチェスター様は勿論のこと、ギルフォードすらうっすらと口の端を上げていた。

アーノルド殿下にはほぼ無表情をとおしていただけに、チェスター様がギルフォードにとって気が置けない相手なのだということがわかる。

でも、だったらもう少しちゃんと挨拶させてくれてもいいのに。あっ……。

ギルフォードとこれ以上付き合わないようにしようと考えていたくせに、ついそんなことを考えてしまった自分に焦る。

「とりあえず中に入れよ。団長が来るのを今か今かと皆待っているぞ。今日は団員以外の客も来ているからな、たまには愛想を振りまいてくれ」

「はっ、面倒ですね」

ギルフォードはそれだけ言うと、わたしへ向き直る。そうしていつもの柔らかな笑顔に戻ると「お待たせいたしました。ステラ」と手を出した。

チェスター様の微妙な表情が視界の端に映る。それをあとに、わたしたちはロビーの奥、パーティー会場へと進んだ。

質実剛健といった玄関ホールとは打って変わり、華やかな会場には魔法騎士団の騎士服だけでなく、様々な年齢層の紳士たち、そして色とりどりのドレスに身を包んだ令嬢たちが集まっていた。そこへ到着したギルフォードに皆が一斉に色めき立つ。

「お先にいただいています、団長」

「ギルフォード殿下、お久しぶりでございます」

あちらこちらで掛けられる声に軽く手を挙げ鷹揚に応える姿に、やはりギルフォードは王子なのだと感じさせられる。ただ、チェスター様や団員へ接するのとは違う、作り笑顔が多いのが少し気になった。

まあ、ギルフォードは元々慣れない人には一定の壁を作るタイプだったものね。

あれ？　でもわたしには最初からなれなれしく声を掛けてきたような……。

何か気に入られるような特別なことがあったかしら？

振り返ってみても、デビュタントで覗き見たときに合った視線くらいしか思いつかない。

たしかにあの瞬間、遠目からでも目を引く彼の姿に釘付けになったけれども……もしかして、そのときにギルフォードも？　わたしを見て、何か惹かれるものがあったとか……。

ううん。まさか、ね。

ずうずうしい考えに首を振り、団員たちと会話を交わしていく。そうして何人かの声を通り過ぎる間に、徐々に女性から掛かる声が多くなってきた。

最初はエスコートされているわたしに遠慮しているようだったのが、あまりにも平凡なわたしの様子に少しずつ大胆な接触をしてくるようになったのかもしれない。

しかしそんな女性たちもギルフォードは全く相手をせずにそっけなくあしらっていくので、彼女たちのわたしに向ける羨望と嫉妬の視線が肌に突き刺さるほどどんどん強くなってくる。

うーん。やっぱりモテるのよねえ。

成長した今のギルフォードは一言で言うならば、とにかく格好いい。

精悍な顔立ちに鍛え抜かれた体躯。そこに第三王子という身分と、魔法騎士団長にふさわしい才能ともなれば、モテないわけがない。年齢も二十五歳。結婚をしていてもおかしくはないのに、どうして婚約者すらいないのか不思議すぎるくらいだった。

「……ああ！　申し訳ありません」

そのギルフォードが団員に声を掛けられてわたしに背を向けた瞬間、狙い澄ましたように、つっとさりげなく近づいてきた美しいブロンドの令嬢が、いきなり声を上げふらつきながらわたしへと倒れかかってきた。

こういった偶然を装いエスコート相手のドレスを汚したり裾を踏んだりなどはよくあることで、イリニエーレだった頃にもよくやられた手口だ。

たしかこの令嬢は会場に入ってきて早々、頬（ほお）を染めながらギルフォードにどうにか近づこうとしていたのを見た覚えがある。赤いドレスと少しつり気味の目が印象的で、アーノルド殿下の第二妃となったベルトラダ様によく似ている気がした。

……何年経っても、こういったことはなくなるものではないわね。

とはいえ、『急ぎ動くことは王太子妃にふさわしくない。常に鷹揚に』と、言い含められていてやられっぱなしだったイリニエーレとは違い、ステラとして生まれ変わったわたしは引きこもりであっても護身術で身を守る術（すべ）を習うくらいには我が強いほうだ。

たとえわたしがギルフォードの恋人ではないとはいえ、今世ではこのまま素直にやられっぱなしでいるつもりはない。

ドレスの裾を持ち、足を後ろに下げて何ごともなかったかのように避（よ）けようとしたのだが、思ったよりも令嬢の動きは速かった。

あ、ちょっと待って、まだ……というか、もしかしなくてもわたしが鈍いの？

体全体でグイッと押しきられ足が浮き、天井のシャンデリアの光が目に入ったところで、みっともなく尻もちをつくことを覚悟した――。

「大丈夫ですか？　ステラ」

気がつけばギルフォードの腕の中にすっぽりと収まり、ギュッと抱きしめられ耳元で囁かれていた。慌てたような彼の声に、胸がどくんと大きく高鳴る。

「だ、だっ、大丈夫です！　あの……本当に、ですからギルフォード様……」

「いいえ、ステラは押されて危うく倒されるところだったんです。もしもあなたがケガをしたならば、僕はケガをさせた者を絶対に許すことはできません」

背中がヒヤッとするほどの冷たい声を向けられたブロンドの令嬢は、二、三歩ジリジリと後ろに下がるとドレスの裾をひるがえし、何も言わずに慌ててその場から離れていった。

「あちらへ移りましょう。念のために何もなかったのかどうか確認させてください」

「そんな……。どこも何ともありませんから……」

返事を遮るように、ギルフォードは腰に手を添えて力を入れる。そうして壁際に並べられた長椅子へと座らせると自分は隣に腰を下ろした。

「体を当てられたところは？　足首は捻ってはいませんか？」

目を合わせて一つ一つ丁寧に尋ねられる。大丈夫だと答えるたびにギルフォードはホッと息を吐いた。

「よかった……」という安堵の声に申し訳なくなるほどだ。

そこまで切羽詰まった状態ではなかったし、悪くてもお尻をぶつける程度の状況だった。勿論相手だって酷くケガをさせるつもりなんかないだろうし、これはただの嫌がらせでしかない。

けれども、わたしの腰を支えていた彼の手や声が微かに震えていたのを思い出すと、その行動が大げさとはとても言えなかった。

「どうしてわたしのことをここまで……」

その代わり、感じたままの心の声がぽろりとこぼれ落ちる。

「勿論、あなたのことが好きだからです」

当然のように答えるギルフォードの顔が眩しくて思わず顔を背けてしまった。それまで感じていたいくつもの疑問が頭の中でグルグルと回り出す。

どうしてあのデビュタントで初めて会ったわたしをダンスの相手に選んだの？

どうして会って間もないわたしを何度も誘ったの？

そして、どうしてこんなにもわたしを守ろうとしてくれるの？

答えを見つけたいのか、それとも見つけたくないのか……さまよっていた視線がギルフォードの緑の瞳(ひとみ)とぶつかる。

すると彼は両手でわたしの右手を取った。

「僕は出会ったときからずっとあなたのことを想(おも)っていました。あなたが僕の側(そば)にいてくれさえすればそれだけで幸せなんです」

「でも、わたしたちは出会ったばかりで何も……」

わたしの言葉にギルフォードは首をフルフルと振る。

「ステラの少しおてんばなところ。好きなものを明るく語るところ。どれも僕の心を温かい気持ちでいっぱいにしてくれます。一生僕が守ります。だから――」

そうして手のひらへと優しく唇を落とす。

ギルフォードの唇が二度、三度と当たるたびに、熱く痺れるような何かが全身を駆け巡っていく。うっとりと見つめる彼の瞳に捕らわれたように動けなくなってしまったわたしは、次に続く言葉をただ呆然として聞いていた。

「――どうか僕と結婚していただけないでしょうか？　ステラ・コートン男爵令嬢」

……結婚。ギルフォードと……わたしが？

え……え、ええええーっ!?　待って、待って……！

瞬間、沸き上がる大歓声。紙吹雪代わりにナプキンが舞い上がり、魔法騎士団員からのお祝いの声や口笛と共に悲鳴のような叫び声がパーティー会場に響き渡る。

ドン、ドン、ドンと何かが打ち上がるような音まで……って、本当に会場の中で祝砲が上がっている!?

魔法……。そうだ、ここは魔法に関してはエリートと呼ばれる魔法騎士団員が揃っているのだからそれくらいは皆、難なくできてしまうのか。

それを聞きながら、今ここがどこでどういった状況だったのかを思い出した。

「すげえ、公開プロポーズかよ」

いつの間にか側にまで来ていたチェスター様の台詞で、一瞬にして顔が赤くなるのがわかる。

「あの、ギルフォード様……」

「はい、ステラ」

バカみたいにはしゃぐ声が響く会場で、ギルフォードの真意を探ろうと彼の顔を見つめると、微笑んでいるはずなのにどこか緊張しているようにも見えた。

あ、あーっ……え？　まさかギルフォード……本気で答えを待っている？

どうしよう、どうしよう。あのギルフォードが本当にわたしと結婚をするつもりなの!?

考えれば考えるほどドクドクと鳴る心臓の音がうるさく響き頭の中が回らない。

ギルフォードのことは勿論嫌いじゃない。それどころかむしろわたしは彼のことをとても好きなのだと思う。

イリニエーレが本当の弟みたいに愛したように、わたしにとっても凄く大事な人だと。

ただ、でも……。

「ギル……」

なんとか言葉にしようと口を開きかけたそのとき、わたしたちの周りに魔法騎士団の団員たちがドドッと集まって次々と声を掛けてきた。そしてわたしの答えなど当然ながら「イエス」しかないと思っている口ぶりでお祝いの言葉を投げる。

「団長ーっ！　とうとう団長も年貢の納め時ですか？」

「いやー、可愛いご令嬢じゃないっすか。あれ？　若っ！　ねえ、大丈夫ですか団長？」

わたしに向かい、可愛いだとか若いだとか、口々に褒めそやす姿は、どうみてもノリすぎた酔っ払いのようだ。ギルフォードの前でもおかまいなしで、ワインや他の強いお酒のグラスをどんどんと回して勝手に乾杯をしては飲み干している。

一部の招待客などそっちのけで集まったたくさんの団員たちに囲まれ、次々と「おめでとうございます」と声を掛けられるけれども、なんと答えていいのかわからず愛想笑いを返すだけの人形になりつつある。

そもそもまだわたしはギルフォードへ返事もしていないのだ。

……とにかく、ちゃんと彼と話をしないと。

「あ、あの……ギルフォード様、少し……」

わたしの横にピッタリと張り付き、近寄ってくる団員たちを軽くあしらっているギルフォードに声を掛けようとしたところ、真面目（まじめ）な顔をした正装姿の年配の貴族男性がチェスター様と一緒に近づいてきた。

「ギルフォード殿下、お楽しみのところ申し訳ありませんが、少しよろしいでしょうか」

騎士服を着てはいないが、見るからに鍛えられた体躯を見て気がついた。

……あれはたしか、ギルフォードが子どもの頃、彼の護衛を務めていたマルシオ伯爵子息では？　いいえ、十六年も経っていればすでに彼は伯爵位を継いでいるのかもしれない。

「どうしました、マルシオ？」

「はい。少々問題がございまして」

「後ではダメでしょうか？」

そこで彼は初めてチラッとわたしの方へ顔を向け、それからそっとギルフォードに耳打ちする。マルシオ様の報告を聞いた途端、ギルフォードは眉間に皺を寄せ「はあ」と大きく溜息をつき、わたしの手を取った。

「すみません、ステラ。ほんの少しだけ席を外させていただきますがすぐに戻ってきますので、どうかここで待っていてくれますか？」

「ええ。大事なお話なのでしょう。どうぞわたしのことはお気になさらずに早く行ってさしあげてください」

イリニエーレの記憶にもある彼の側近との話ならば、きっと大事な用事に違いない。邪魔をしてはいけないと答えると、ギルフォードはなんとも微妙な顔をしながらチェスター様に引っ張られていった。

どちらにしても周りがこんな状態では、今日話をするのは無理そうよね……。

また日をあらためて、などと考えていると突然目の前にワイングラスが差し出される。

「ステラ嬢、おめでとうございます！」

「いやいや、本当に可愛らしい。あ、こちらをどうぞ！　乾杯のグラスです」

「いえ、わたしは……」

ここでは何も口にすることはできない。

ギルフォードへ伝えたのと同じように断りを入れたが、気分が盛り上がりすぎてハイになっている団員たちは、わたしの言うことを全く聞こうとしてくれなかった。

「そんなことを言わずに、はい！　さあ皆、団長とステラ嬢に乾杯しましょう！」

乾杯！　と、周りの人たちが一斉にグラスを上げて一気に空にする中で、無理やり持たされた淡いレモンイエローのワインだけが取り残されてゆらゆらと揺れている。

これを飲まなければギルフォードが一方的に振られたことになるのかしら？

そんな気にさせられるくらいに、皆の視線がわたしのグラスに集中しているのがわかる。

なんだろう。気になりすぎたのか、妙に目がチカチカとしだし、違和感を覚える。

せめて口を付けたフリを……と考えてグラスを持ち上げると、グラスの中のワインが揺れてその香りがふわりと鼻についた。

思わず顔を背けたわたしに、周りの目がこれを飲め、飲め、と言ってくるようで、手のひらに汗が滲む。ドクドクドクと心臓が早鐘を打ち、それが耳に痛いほど響き渡る。

いつもこうだ。お父様やお母様、お兄様、そしてほんの数人の古参使用人以外の人前で、何かを口にしようとすると必ずえも言われぬ恐怖が襲ってきて心身が不安定になるのだった。

『――イリニエーレ、お前はいつもそうして澄ましてばかりでロザリアたちの気持ちを無下にするのだな』

『いいえ、そんなことは全く……せめて誰かに』

『イリニエーレ様、まずはこちらへおかけになってください。侍女には使いをだしておきます』

あの日、春まだ遠く冷え切った空気の中、上掛けすら取りに戻る暇もなく無理やり中庭に連れ出されてアーノルド殿下と彼の三人の恋人たち、ロザリア様、ベルトラダ様、そしてヒルデガルド様とのお茶会への参加を強要された。

そうして席に着くなりアーノルド殿下がイリニエーレを罵倒し嘲笑うのはいつものことで、それをなだめ慈愛の心を見せつける三人の恋人たちの姿もいつもと同じだった。

『そこまでおっしゃらなくても、ねえ殿下。わたくしたちはイリニエーレ様と仲良くしたいだけですのよ。さあ、ご一緒いたしましょうよ』

自分たちは魔法で作り出した温かな席に着き楽しげに笑い優雅に誘う。魔法を全て弾いてしまう宝石眼を持つイリニエーレだけが一人その席で震えていた。

側近のマクシム様だけは、そんなイリニエーレに対して無表情ながらも『こちらをお使いください』と膝掛けを渡す気遣いをみせてくれたが、それこそ気休めにもならない。

それどころか膝掛けを手渡されたときに当たった彼の骨張った指がまるで氷のように冷たく、

思わず手を引っ込めてしまいそうになるほどだった。

『イリニエーレ様とはアーノルド殿下をお慕いする同士ではございませんか、ふふ』

『私の領地から取り寄せたお茶ですわ、さあどうぞ』

ヒルデガルド様に淹れてもらったお茶におかしなものが入っていなかったのは、イリニエーレのギフトである〝植物鑑定〟で確認をした。

お茶の中に異物が混入していればその時点でわかるはずだったから簡単なことだ。申し訳ないとは思ったが、以前にも彼女たちからいただいた菓子や茶葉の中に怪しげな異物が混入していたことを考えればそれも致し方なかった。

『あ、ありがとうございます』

湯気が立つほどの熱いお茶は、何の準備もなく冬の庭園でのお茶会の席に引き込まれたイリニエーレには魅力的で、判断が甘くなっていたのかもしれない。

植物というくくりであればたとえ加工品であっても鑑定できる。自分のギフトに自信のあったイリニエーレは体を温めるために震える手でカップを持つと、ゆっくりとそのお茶を口に運んだ。ゴクリと一口飲み込むと同時に喉に酷い違和感を覚えた。

——これは、毒だわ！

イリニエーレがそう思ったときにはすでに内臓が焼けつくように熱くなり、目の前のテーブルクロスが真っ赤な血で染まっていた。

でも、どうして……誰が……？　なんの、ため、に……。

宝石眼の乙女の存在は国を栄えさせる。それはレーミッシュ王国では平民の子どもですら知っている言い伝えだ。

だからこそたとえアーノルド殿下たちがイリニエーレのことをどれだけ毛嫌いしていても、今までちょっとしたイタズラと言ってごまかせる程度のいやがらせしかしてこなかったのは、己の立場にもかかわることだと知っているから。

それなのにどうしてこんなことに……。

イリニエーレは薄れゆく意識の向こう側でアーノルド殿下の口元が歪むのを見た。

毒におかされたイリニエーレがどれだけ悪く汚いものであるか叫んでいるみたいに。そしてまるで、自分こそが罠に嵌められたのだと言わんばかりの表情で――。

わたしがイリニエーレの記憶を思い出してから食事をとろうとすると、アーノルド殿下のあの表情、そして毒で苦しんだときの恐怖と、虐げられ押し込められた不安を蘇らせた。

――苦しい。熱い。痛い。恐ろしい。

そうしてわたしは前世の死に際の酷いトラウマのせいで、人前では何も口にすることができなくなってしまったのだ。

初めは両親やお兄様とですら一緒に食事をとれなくなり、誰かの気配がするだけで泣き叫び、失神することもたびたびだった。

そんなわたしに根気よく大丈夫だと言い続け、どんなわたしでも愛していると伝えてくれた家族。そのおかげでなんとか彼らとだけならば一緒に食事がとれるようになったが、それですらそれから三年はかかった。

ただでさえ宝石眼の乙女として生まれ、面倒ばかりかけて申し訳ないと思う反面、コートン家の両親の元に生まれてきて良かったと心の底から思う。

しかし、それでもまだトラウマが全て癒えたわけではない。他人のいるところで何かを口にしようとすると反射的に胃がキュッと縮み、恐怖で体が震えてしまう。そう、今のように──。

……ダメ、やっぱり無理。気持ちが、悪い。

口元を押さえて我慢をしていると、頭がグワンと鳴り出し、眩暈を起こす。これ以上持ってはいられなくなり、ワインの入ったグラスが手から滑り落ちた。

すると床に落ちるはずのグラスが手を離れた途端、突然空中でパリンと音を立てて割れたかと思うとふわりと宙に浮き、しかもその破片が全てなぜかわたしに向かって飛んできたのだ。

「え、何……？」

驚いてすぐには動けないでいるわたしの前に迫る破片。それを庇うように、サッと青の騎士服が横から飛び出してきた。そこに、ザクッと布が破れるような音が耳に入る。

「ステラ……すみません。守ると言ったにもかかわらず出遅れてしまって。破片は大丈夫でしょうか？」

「ギルフォード様！　いえ、わたしは大丈夫です。けれど、背中が……！」

「いえ、ステラは破片に触らないでくださいね」

急いでギルフォードの背中を見ようとするも、彼はわたしから一歩下がり距離を取る。騎士服から破片で傷つき流れ出た赤い血が彼の腰辺りまで滲んできているのがわかる。

あれだけの破片を一身に受けたのだから相当な痛みだろう。それなのにギルフォードは自分の傷よりもわたしがケガをしていないか、それだけを心配している。

「お願い、ギルフォード。ケガをみせて！　早く治療しないと、傷が……」

「……この程度、治癒魔法ですぐに治ります。それよりも……〝ドミナード〟」

ギルフォードがわたしに視線を向けたまま振り返りもせずに指をパチンと鳴らし唱えると、光の縄のようなものが現れ、しゅるりとうねり、ガラス扉の手前、厚手のカーテンの裏側に入り込んだ。

「きゃあ！　やめて、ごめんなさい！　ほんの出来心だったの……だから！」

ドタドタっと暴れるような物音と甲高い声と共に、カーテン裏から光の縄に拘束され引きずり出されたのは、先ほどわたしを転ばせようとしてぶつかってきたブロンドの令嬢だった。

それと同時に馬鹿騒ぎしていたはずの団員たちが素面に戻ったように素早く円で囲む。

一瞬にして静まりかえるパーティー会場の中、チェスター様が拘束されている彼女の腕を取り、わたしとギルフォードの前に突き出した。

「人を魔法で攻撃までしておいて出来心なんて、そんな言葉を信じられるわけがないでしょう？　フリエッグ子爵令嬢」

「……そんな、私はただ、グラスを割って少し驚かせようとしただけなのに！」

魔法……そうか、わたしの宝石眼のせいでグラスを持っている間は彼女の魔法が効かなかったんだ。それで手を離したときに空中で割れてあんなことに……。

体をわたしに半分向けたまま、厳しい顔で拘束されたフリエッグ子爵令嬢を見ているギルフォード。わたしがグラスを持ったままでいられたなら、彼がこんなケガをすることもなかったのに。そう思うと本当に申し訳なくなる。

「ギルフォード様……ごめんなさい」

小さく呟くと、ギルフォードはわたしに一度視線を戻して「大丈夫です」と頷いた。

それが癪に障ったか、彼女はわたしをギロッと睨みつけると大きな声で叫び、ギルフォードへすがりつこうと体を揺らしている。

「ついムキになっただけなんです！　本気じゃありませんでしたわ。だって、この女に全然魔法が効かなくって……だから」

待って、そんなに大きな声でわたしに魔法が効かないということを言わないで！

心臓がバクバクと音を立てている。それを悟られないように静かに周りを見回す。

まだ誰もわたしへ魔法が効かなかったというフリエッグ子爵令嬢の話を本気にとってはいない。でも、もしも魔法が効かなかった理由を追及されたら？　そう考えただけで冷や汗が背筋をつたう。

どうしよう。誰の視線も怖くて仕方がない。早くここから出ていきたい。

手のひらを強く握りしめ耐えているとギルフォードの冷ややかな声が聞こえた。

「破壊と追尾誘導の二重詠唱など悪意しかないでしょう。実際、魔法犯罪を取り締まるべき魔法騎士団長の自分がケガをしたのですから個人のイタズラですますつもりはありません」

「そんな……私は、ただ……」

「それから、初めに言ったはずです。ステラを傷つける者は決して許さない、と」

「いやっ！　ギルフォード殿下！　あの、私はあなたのことを……」

「この女に自分の名前を呼ぶ許可など出した覚えはありませんが？」

会場全体が凍りそうなほど低く冷たい声で言い放つと、ギルフォードは団員に目くばせした。愕然として呆けてしまったフリエッグ子爵令嬢が団員たちに連れていかれるとそれが合図とばかりに、全てがガチャガチャと音を立てて動きだす。

わたしはそこでようやく息を吐き出すことができたような気がした。

「治癒班のゲインに準備させてるから治療してもらえよ。うん。見た目よりは酷くねえな」

「ああ。この程度ならたいしたことはないと思います」

ギルフォードがわたしに目の届かない場所にいてほしくないと言うのでチェスター様に連れられて一緒に隣室へ移った。

ゲインと呼ばれた団員に治療をしてもらう間、衝立の裏に用意された椅子に座りながらやきもきしていたけれど「鋭利なグラスだけに切り口が派手になっただけでしょう」という言葉を聞いて少しホッとする。どういう魔法かは知らないが、グラスの破片を綺麗に取り除き治癒魔法を掛けてもらうと、それだけであっという間にギルフォードのケガは跡形もなくなったようだ。

残るはフリエッグ子爵令嬢のしでかした後片付けだと、衝立の向こう側で面倒くさそうな溜息が聞こえる。それならばあとはわたしにできることはない。

魔法が効かなかったという彼女の主張が今後どうなるのかは気になる。でもできれば、もう彼女にはかかわりたくもないし……。

それよりも一刻も早くここを出たくて、退出の言葉を伝えに衝立から顔を出した。

「ギルフォード様、大変申し訳ありませんがこの辺でお先に失礼させてもらってもよろしいでしょうか？」

シャツのボタンを留め終わったギルフォードがソファーから立ち上がりわたしの前に立つ。

そうしてジッと瞳を見つめると、右眉を少し下げて言った。

「ステラ……そうですね。今日は、僕もあなたは早く帰ったほうがいいと思います。随分と怖い思いをさせてしまって、僕のほうこそ申し訳ありませんでした」

僕のせいで……と続ける彼の言葉に返すこともできずに黙って首を振る。わたしの仕草を否定と取ったのか、ギルフォードはさらに眉を落として見るからにへこんでしまった。

でもギルフォードは何も悪くない。悪いのは自己中心的な気持ちだけで襲ってきた子爵令嬢であり、そして彼に何も言えないわたしのほうだった。

「んじゃあ、家から馬車を出すか。ステラ嬢、すぐに用意させるからちょっと待っててな」

なんとも気まずい空気の中、我慢しきれなくなったチェスター様はそう言って、わたしたちを置いてゲインと一緒に部屋を出ていってしまった。

カチコチと振り子の置き時計の時を刻む音だけが部屋の中に落ちる。

「あの、ステラ。明日コートン家へお邪魔しても？」

沈黙を破るように、グッと目に力を込めてギルフォードが尋ねてきた。緑色の瞳が期待と不安で入り交じった色を見せている。

わかっている。彼は今日のプロポーズの返事を聞きにきたいと言っているのだ。

地位も名誉もある。誰もが目を惹かれるほど強く美しく、そして優しいギルフォード。彼ならばどんなに高貴な令嬢でも望みさえすれば上手くいくはずなのに……。

会ったばかりのわたしを、どうしてここまで気に入ってくれているのかわからない。

たった二回のお出掛けでも、彼の誠実な気持ちは十分に伝わってきた。

話をしていて楽しい。一緒にいるとドキドキと落ち着かなくなることも多いのに、不思議と離れがたい気持ちにすらなる。

もしも、これからもずっとこんな時間が続くのならば、きっとわたしはギルフォードを好きになると思う。それだけ彼に惹かれ始めている。

だけど、真摯に気持ちをぶつけてきてくれているギルフォードに対して、わたしはいくつもの隠し事をしているから……。

自己嫌悪で顔がくしゃりと歪む。彼の瞳に映るわたしは、とんでもなく情けない顔をしているに違いない。

一度深呼吸をしてから、精いっぱいの誠意を見せられる答えを口にした。

「いいえ。これで最後にしましょう、ギルフォード様」

「な、なぜですか⁉　ステラ……どうして？」

頭を下げて断りを入れたわたしの手首を、追いすがるギルフォードに掴まれた。ただそれは振りほどこうとすれば簡単に振りほどけるくらいそっと優しい。

だから、彼から逃げられないのはわたしの気持ちだけ。

「気がついていらっしゃるかもしれませんが……わたしは家族以外の人前ではものを食べることができません。何かを口に含もうとするだけで気分が悪くなり吐き気をもよおして、酷くなれば倒れてしまうこともあります。そしてそれは、ギルフォード様の前でも同じなんです」

　クッと息を呑む音が聞こえた。やっぱり気がついていたのだと思うのと同時に、直接尋ねてこないギルフォードの優しさに目の奥が熱くなる。

「ですからわたしは、第三王子であるギルフォード殿下にはふさわしくありません。わたしにはあなたの隣に立ち社交をこなすどころか、一緒に食事すらできないのです」

「しかし、ステラ……」

「そもそも成り上がりの男爵家の娘です。何の取り柄もなく、社交もできないただの引きこもりをいろいろと誘ってくださったことは大変光栄でした。でも……わたしには普通の結婚や幸せを願うことなど到底無理な話です」

　だから、ギルフォードにはもっとふさわしい人と一緒になってほしい。こんなトラウマを抱えたわたしなんかよりも……。

　そう思いを込めて最後の挨拶をした。

「ありがとうございました。そして、さようなら」

　それだけ告げると今度こそ彼の手のひらからすり抜けて部屋の外に出る。ギルフォードの最後の顔はどうしても見ることができなかったけれど、これで本当にお別れだ。

　これからはまた、家族以外とは顔を合わせることもない引きこもりの暮らしに戻る。そうなれば宝石眼であることがバレてしまう不安を感じることもなくなるだろう。だからこれでいい。

なぜか滲む瞳をひとこすりし、わたしは馬車が用意してあるだろう玄関ホールへと向かった。

「やあ、ステラ……」

「……ギ、ギルフォード……様？」

え、なんで？　どうしてギルフォードが家にいるの!?

いや、断りましたよね！　今度こそ、本当にっ！

あそこまで説明してギルフォードとの付き合いを断腸の思いで断ったはずなのに、どうしてわたしの家の応接室に彼が座っているのだろうか……しかも昨日の今日で！

んー……。見覚えのありすぎる光景に首を捻る。

そういえば昨日の魔法騎士団主催のパーティーも、一度断ったはずなのに知らないうちに参加することになっていた。

え、だから今日も？　いやいやいや、そんなことはあるはずがない。

だって、ギルフォードも昨日の魔法騎士団の騎士服ではなく、艶(あで)やかな刺繍(ししゅう)の入ったフロックコートを身に着けている。紺色の髪は丁寧に梳(す)かれ艶(つや)がいつもの倍増しだし、見たことのない派手なシャツがよりいっそう彼をキラキラと輝かせている。

ギルフォードが素敵なのはいつものことではあるが、いつになく気合いの入った格好だ。

それに引き換えわたしはといえば、化粧もせず、髪も梳かしっぱなしの普段着のままで出てきてしまった。

わたしは昨日、無作法なことに魔法騎士団のパーティーを台なしにしただけではなく、自分のどうしようもない心の傷を一方的に伝え、ギルフォードのプロポーズを断った。

あそこまでギルフォードに恥をかかせてしまったのならもう二度と誘われないだろう。これで良かったのだ。そう思いつつもどこかで彼と会えなくなることが寂しく、勝手に気落ちしてやる気が起こらず、朝から屋敷のことも稽古もせずに、だらだらと過ごしていたのに――。

「ステラ、昨日の帰りは送ることができなくて申し訳ありませんでした」

開口一番わたしに謝るギルフォード。どうやら朝一番に連絡を受けたお兄様が出掛ける前に受け入れの返事をしていたらしい。

本っ当に、余計なことを……。

頭の中でポコポコとお兄様をグーで殴る想像をしてみるも、「いやー、ステラのマッサージは気持ちいいなあ」と喜ぶ顔が見えてしまったので諦める。

「いえっ、そんな……わたしのほうこそ先に失礼してしまって……」

それだけを絞り出すとテーブルを挟んでお互い黙り込んでしまった。どうにも気まずい空気が流れる。

ギルフォードはいったい何をしに来たのだろうか？　まさか本当に昨日送れなかったことを謝罪しにきただけではないでしょう？

なんだか胸がもぞもぞする。そこに侍女頭が「失礼いたします」とお茶を淹れて持ってきた。

ギルフォードの前だけに差し出されるお茶のカップに、彼は静かに目を落とす。そうして一つ息を吐き出してからゆっくりと顔を上げる。

その緑の瞳からはなんともいえない後悔の色が滲み出ているように見えた。

「ステラが、自分の病気……とでもいうのかな？　それをステラ自身の口から言わせてしまったこと、深くお詫び申し上げます」

「あ……いいえ！　それは別にギルフォード様のせいではなくて……」

「ステラがそうなのは察していたのに、不安を解消するどころか助長させて、言いづらいことを言わせてしまったことは、僕の不徳のいたすところです」

自分がギルフォードとのことをはっきりとさせるために告げたことであって、別に謝ってもらうようなことではない。

しかしギルフォードはそれも全て自分のせいだと言うようにうなだれる。

「ですから、ステラがもう僕に会いたくないと言うのも当然です。ただそれを素直に受け取らなければならないのに、どうしても諦めきれなくて……もう、一緒にお話しすることも叶いませんか？」

煌びやかでとてつもなく格好のいいはずのギルフォードが、肩を落としてしゅんとする姿にうっ、と胸が痛くなる。罪悪感がそれに追い打ちを掛けるようにチクチクと突き刺さる。

「……あの、ギルフォード様」

「はい、ステラ」

何か言わなければと思い、名前を呼んだ。するとギルフォードは、ごめんなさいとでも言うように瞳を震わせ真っ直ぐにわたしを見つめてくる。

ああ、ダメだ。こんなギルフォードをそのまま突き放せるわけがない。

「その、えっと……たまになら……ええ」

「ステラ……！　ありがとうございます」

わたしのつたない返事にギルフォードの顔が眩しいほどに輝き、喜びのままに手を取ってきた。彼の手のひらから嬉しいという気持ちが溢れ出るのがわかる。

ただ、それはわたしも同じだ。

これでまた彼と会うことができる。そう思うだけで勝手に心が弾んでしまう。

蕩けるようなギルフォードの笑顔に、自然と顔がほころぶ。

……ああ。結局わたしも、とっくに彼に惹かれていたんだ。

そのことを自分自身、もう正直に認めざるを得なかった。

そうしてまたギルフォードと出掛けることを承諾したわたしは、いつになく外出を楽しめるようになっていた。相変わらず宝石眼を隠すための目薬は欠かせないし予備も忘れないように持ち歩いている。

しかし、人前では食べ物を受け付けないというトラウマをギルフォードに伝えられたことで、無理に断らなくてもよくなり気持ちがとても楽になった。嘘をついたり、我慢したりということは、わたしにとって少なからずストレスになっていたのかもしれない。

それだけでもありがたかったのに、あの謝罪の後でギルフォードはどういう状況ならばわたしが食べ物や飲み物をとることができるのかを逐一尋ねて、一緒に出掛けるときにはわたしが無理なく楽しめるようにいろいろと考えてくれた。

彼は街中へのお出掛けでは決して飲食するような場には連れていこうとしなかった。

お兄様の情報によると、久々に王都へ戻ってきたギルフォードには、この機会にといくつもパーティーへの招待があるようだが、どれも全て断りを入れていたようだ。

一度、「皆様からお誘いがあるようですが、パーティーには本当に参加しなくてよろしいのでしょうか」と尋ねたところ、真顔で「ステラが出席できないのであれば意味がないので」と言ってのけた。

それを聞いてわたしは、恥ずかしいやら申し訳ないやらの気持ちでいっぱいになる。ただ、そこに嬉しさが滲んだことについては気がつかないフリをした。

そんなふうに何度か出掛けているうちに、いつの間にか陽ざしは長くかなり暖かなものになっていった。ギルフォードから王都外壁の外へ乗馬に誘われたのはそんなときだった。

「まあ、外がこんなに素敵なんて！　でも外壁より外は魔物が出没するのでは？」

「そこまで近くには出てきませんし、そう遠くまで行くつもりもありません。それに最近ではこういったものもあるんですよ」

向かい合って座る馬車の中、そう言ってギルフォードが見せてくれたのは、異国の模様が彫られた小さな香炉だった。

「この香炉の中には魔物が嫌う香が入っています。全ての魔物に効くわけでもありませんが、弱い個体ならば近寄ってはこないでしょう」

「これは……香木だけでなく、かなりの種類のハーブも調合してありますね。わあ！　掛け合わせるとこんな効能が出るのねえ……っ」

うっかりギルフォードの前でギフトの〝植物鑑定〟を使い香の中身を分析してしまった。

あ、と思ったときにはもう遅く、彼はニコニコと笑いながら尋ねてきた。

「〝植物鑑定〟ですか？　随分と細かく分析ができるものですね」

「え、ええ。まあ、ほんの少しわかる程度ですが」

イリニエーレと同じギフト〝植物鑑定〟はそれほど珍しくも強力でもないギフトなので、これでわたしからイリニエーレを連想することはないと思っていた。こうしてさらっと流されたことでやっぱりホッとする。

「それでも十分です。分析ができたなら、コートン家で売り出してもいいのでは？　なにぶん、輸入品のため一般には行き届かなくて」

続くギルフォードのその言葉に、いいアイデアだと頷いた。

「ねえねえ、アルマお兄様。起きてちょうだい！　今ね、ギルフォード様から……」

「ん……が……。まだ……寝かせてくれ。夜遅かった……」

「え、ちょっと……もうっ！」

魔物除けの香について意見を聞こうと、わたしの隣で眠りこけているお兄様を揺り起こしたが、瞼も開かないほど熟睡の様子だった。

初めて外壁の外に出るという話をしたら「じゃあ俺も付いていくわ」と言い出し、ちゃっかりと乗り込んできたくせに、馬車が動き出した途端高いびきだ。

もう、何しについてきたのよ！　肝心なところで役に立たないんだから！

頬を膨らませながら、魔物除けの香へと考えを巡らす。

コートン家の商会であれば材料の調達から販売まで全てが賄える。当然ながらこの辺りの魔物に対応するための改良は必要だと思うが、それさえ達成できれば安価な魔物除けの香ができるかもしれない。

そうすれば魔物におびえながら移動をする人たちのためにもなる。

でもそうなると、魔法騎士団には協力をお願いして……ううん、商会のいち商品のためにという理由で魔法騎士団を動かすのは無理よね。まずお父様たちに相談をしないと……。

ブツブツと考えをまとめていると、わたしの考えを読んでいるかのようにギルフォードは胸に手を当てながら言った。

「魔法騎士団は全面的に協力させていただきますからご安心ください」

「……よろしいのですか？」

「はい。魔物除けの香が普及すれば襲われる人間も減るでしょう。そうなれば魔法騎士団の負担も減りますし、ひいては王国全体のためにもなりますから」

「ありがとうございます！　では、お父様たちが帰ってこられるまでに、企画案をまとめておきますね。すぐにでも認めてもらえるように頑張ります」

一番の懸念すべき要因が真っ先に解消され、先行きがぱあっと開かれた気がする。

魔物から人を守る。自分にそんな人々の役に立つことができるなんて……！

ウキウキとした気持ちで、材料の確保、製造の研究、流通についてこれからの予定を指折りしながら考える。なんだか実業家としてのコートン家の血が騒ぐようだ。それもまた誇らしく、ますますやる気になってきた。

「本当にあなたときたら、昔よりもずっと行動的で眩しいほどに輝いているのですね、ステラ」

「……え？　すみません、何かおっしゃいましたか、ギルフォード様？」

考えに没頭しすぎて、彼が言った言葉を聞き逃してしまった。慌てて聞き返すと、「いいえ、なんでもありません」と返事をしながらギルフォードは軽く腰を上げ馬車の窓枠を押した。

「それよりも、少し窓を開けてみませんか？　南は交易路でもあるからかなり整備がされているんです。さあ、アネモネの群生地ももうすぐ見えてきますよ」

「まあ、わたしの一番好きな花なんです。楽しみだわ」

馬車の中から初めて外壁より外の景色を見て、わたしはとても感動していた。

ほとんどコートン家の屋敷から出ることがなかったこのわたしが、王都の外まで出歩くことができるようになるなんて……。

お父様たちも何もしなかったわけではない。宝石眼を隠すための目薬を作れるようになってからは特に、いろいろな場所に出掛けられるようにと誘ってくれていた。ただ、わたしがどうしても言いようのない不安を感じ、その気になることが少なかっただけだ。

それなのにどうしてかギルフォードと一緒なら外に出掛けてもいいような気にさせられる。

勿論、かなり無理やり、そして渋々彼に付き合わされたのが始まりだけれども、なぜか最初から外に出ることが少しも怖いとは思わなかった。

　これってやっぱり、ギルフォードのことが……好き、になったからかしら？

　チラリとうかがうように向かいに座る彼を見る。自ら開けてくれた窓から入り込む光がギルフォードの深い紺色の髪に光の輪を作り出していた。

　ああ、綺麗だわ。

「どうしました？　ステラ」

「あっ、いいえ。その……空気がとても澄んでいるなと思って」

　ギルフォードにみとれていたことをごまかすように深呼吸した。

　外から香る草木の匂いを胸いっぱいに吸い込むと、ギフトの〝植物鑑定〟をも活性化するような気がする。

　実はイリニエーレが七歳になった年、生家であるビエランテ辺境伯領地からこの街道を通り王都へ入ったのだが、当時付いていた侍女は道中、決して馬車の窓どころかカーテンすら開けることを許さなかった。そのため、一度も外の景色を見ることができなかった。

　当時は閉ざされた空間が息苦しくつまらないと思ったものだが、魔物がどこから出てくるかもわからない旅路で幼いイリニエーレに恐怖を植え付けないようにとした心づかいであったのだと後になって気づいた。しかしその話を聞いたアーノルド殿下は『まるで囚人みたいだな』とイリニエーレを前にして鼻で笑ったのだった。

あ、嫌なことを思い出してしまった。よりにもよって、こんなときにあんな人のことを……。

わたしが思わずむっと下唇を噛んだのをギルフォードは見逃さなかった。

「ステラ？　その顔も可愛らしいけれど、傷になるから噛まないでください」

彼の手のひらがわたしの頬に触れるのと同時に親指が唇を掠める。その指が、手が、昔のギルフォードとは違い大人の男性だということを嫌でも感じさせる。

「だ、大丈夫ですからっ！　もう、噛みません！」

ひゃー！　と心の中で叫びながら慌てて顔を引っ込め、口をにっと横に広げる。

噛んでないですよ、と見せるつもりだったのが妙にギルフォードのツボにはまってしまったようだ。口元に手を置き、クックッと声を殺しているもののなかなか笑いが止まらない。

そうしているうちに、隣で眠っていたアルマお兄様がようやく目を開けた。

「ん、なんだ？　ステラ、お前また何かやったのか？」

あれ、これってわたしのせい？　というか、今まで熟睡していて見てもいなかったくせに。

「いや、アルマ。そうじゃないんです。ステラの仕草があまりにも可愛かったから、つい」

ようやく笑いが落ち着いたギルフォードが説明をすると、お兄様はなんだやっぱりステラのせいかという顔をしてあくびを一つ噛み殺した。

本当に失礼ね。と、考えた矢先に馬車が止まった。

「到着したようですね。ではステラ、アルマ。まずは外へ出てみましょう」

そう言って、ギルフォードが手を差し出した。

初めて足を下ろして見た外壁の外の空はとても高く、緑が続く地面はどこまでも先が見えなかった。ギルフォードに連れていってもらった植物園もその広さに目を見張ったものだ。でもそれよりも、この外の景色は遥（はる）かに雄大で、そして力強かった。

両手を伸ばしてその指の隙間から映る木々、花、空を感じる。どれをとっても、今までわたしが見たことのない壮大な色で、あまりの感動に思わず涙が滲むほどだ。

「おおーっ、凄いな。真っ青だ！」

「お気に召しましたか？」

「ええ、ええ！　とっても！　本当に素敵なところだわ」

「そう、良かったです。では僕が教えますからさっそく馬に乗ってみましょう」

馬車を引いてきた馬とは別の馬が三頭、木の陰に繋いである。全てギルフォードが用意をしてくれていたものだ。

わたしは浮かれる足をせかしながら馬が繋いである木陰へと向かった。

「はい、早く乗ってみたいです」

馬は真横に立つと思っていたよりも大きく、そして鼻息が凄かった。これは馬車に乗っているだけでは知らなかったことだ。

ギルフォードに手伝ってもらいながらなんとか馬に横乗りしたのだが、想像以上の高さに少し怖じ気づいてしまった。手綱を持つ手が震えてしまう。

振り落とされたらどうしよう。馬は乗る人を見極めるくらい頭がいいと聞いたのに……。

そんなわたしを見かねたギルフォードは、馬の首を軽く撫でると、ひょいっと馬に飛び乗った。そして後ろから抱えるようにして手綱に手を添えた。するとギルフォードから匂う爽やかな香りがわたしをふわりと包み込み、さらに体が固くなってしまった。

「初めては誰でも緊張しますから、まずは一緒に乗ってみましょう」

耳元でそう囁くギルフォードの声がいつも以上に甘く聞こえた。はい、と答えたはずの声が自分の心臓の音で掻き消される。

「馬上から見る景色はまた格別でしょう？　ステラ」

「え、ええ。本当に……凄く……」

パカパカと、軽い足音で進む馬の上は馬車よりもゆったりとした乗り心地だ。にもかかわらず後ろから声が掛かるたび、わたしの心臓はばくばくと跳ね上がる一方だった。

「兄の俺にその場所を譲る気はありませんか？　ギルフォード殿下」

お兄様が彼に向かってそう言った言葉は聞こえた気がするけれども、なんと答えたのかはわからない。ただ、背中に伝わる熱と鼓動がじわじわと移ってきて、乗馬に全く集中できなかったことだけはたしかだった。

「それでは、ゆっくりと休憩してくださいね。ステラ、また後で」

　このお出掛けでギルフォードが準備してくれたのは馬だけではなく、なんとわたしが飲食できるようなスペースもだった。

　コートン家の古参侍女を乗せたもう一つの馬車には、豪奢なテーブルやソファー、そして魔石でお湯を沸かすことのできるコンロまでもが備え付けられていた。どう見てもこれは王族か高位貴族のための移動用応接室だろう。

　お兄様と二人、案内された馬車に乗り込むと驚きで口が閉じられなかった。あまりにも至れり尽くせりがすぎて、申し訳なくなってしまうほどだ。

「いやあー、何というか。ここまでしてもらえるとは」

　開いた口がようやく塞がったお兄様が感想を漏らす。

　馬車の中にいるのはわたしたち兄妹とコートン家古参の侍女だけで、カーテンを閉め切ってしまえば外から見られることもない。たしかにここならばわたしでも落ち着いて飲食ができる。

　お兄様とわたしの前に置かれたカップに熱いお茶が注がれる。濃い赤がゆらりと揺れた。

「あのな、今日の外出も、実はギルフォード殿下に誘われたんだが」

「え？　お兄様、勝手に付いて来たんじゃなかったの？」

「お前……ちょ、どれだけ俺が妹バカだと思っているんだ？」

　正直、思っていました。

そうとは声に出さずに侍女と目を合わせて頷く。お兄様はカップに入れた砂糖をスプーンでかき混ぜ口に含むと、美味（うま）いなと言った。

「ステラが屋敷以外で食べ物を口にするのは初めてになるだろう？　いくら準備は完璧でも、心情的にはどうなるかわからないからってさ。俺がいればいつもと同じように落ち着いていられるだろうからって言われたんだよ。そうでなきゃ、いくら可愛い妹のためとはいえ、殿下と一緒の外出にまでしゃしゃり出られるわけないじゃないか」

「ギルフォード様が、そこまで……」

ここまで準備をしてくれて、自分は邪魔にならないようにと外に出ている。それも全部、全部、わたしのためだ。

普通ならそんなことはありえない。王族の彼が、ただの男爵家の娘にすることじゃない。それでもギルフォードはきっと当たり前のような顔をしているのだろう。

――ステラと一緒にいられることが幸せです。

わたしの頭の中のギルフォードが嬉しそうな笑顔でそう言った。ただそれだけのことなのに、急に胸がばくばくと大きく弾んでしまう。

「ま、俺だって可愛いステラのためだったら何でもするからな」

お兄様がスプーンを振り回しながら何かくだらないことを言っている。

けれどもそれどころではないわたしは全く耳を傾けることなく、ただギルフォードのことだけを考えていた。

そうして出された軽食をひととおり口にしてから用意された馬車を出た。

当然、気持ちが悪くなるようなことは全くなく、むしろぼーっとしたまま何を口にしたかも覚えていないくらいだった。

うー……。どうしよう。さっきからギルフォードのことが頭から離れない。

そして考えないようにすればするほど余計に気になってしまう。

最初、わたしはギルフォードが自分よりもずっと年上の立派な青年になっているのを見ても、無意識のうちに弟のような子だと思うようにしていたのかもしれない。

けれども彼への気持ちを自覚してから、以前とは違う感情がわたしの中に芽吹き始めている。

一緒にいるとどこかむずむずしてどうしていいのかわからないのに、離れていると寂しくてもやもやした気分になってしまう。

恋をすると皆こんな感じになるのかしら？

どうにも初めての感覚にとまどってしまう。

素敵な景色を見れば少しは気分が変わるかもと思い、外に出るために馬車から足を下ろしたらいきなり突風に吹かれ、思いっきり髪が煽られてしまった。

「きゃっ!?　やだ！」

せっかく侍女に可愛らしく整えてもらった前髪がボサボサだ。これでは恥ずかしくてギルフォードとは一緒に歩けない。

「悔しいな」と、自分でも気がつかずポロリとこぼした言葉にびっくりした。

「ステラ？　もうよろしいのですか？」

「ひゃあいっ！」

後ろから突然声を掛けられて、うっかり変な声が出てしまった。慌てて両手で顔を隠す。

今の声よりもさっきの言葉のほうが恥ずかしいなんて……聞かれてないわよね？

静かに指の隙間からギルフォードをうかがうと、何か不備があったのだろうかと、心配そうな目でわたしを見ていた。

「あ、その……ええ。十分休ませていただきました。ありがとうございます」

慌ててお礼を伝えると、ホッとしたような笑顔を見せるギルフォード。

「それでしたらあの丘まで歩いてみませんか？　その、二人で」

ギルフォードに誘われて少し小高くなった丘の上までゆっくりと歩く。踏みしめる草は柔らかく、ここが王都の中でないことをいっそう感じられて開放感が溢れ出す。

汗がうっすらと滲み出るくらいに歩き辿り着いた丘の上からは、馬車の中で話していたアネモネの群生地が一面に見てとれた。

「……素敵」

大好きな色とりどりのアネモネの花が風に揺られている。イリニエーレだったときにも花壇に植えられていた花を楽しんでいたけれど、自然に咲いている姿はまた格別だ。

「間に合ってよかったです。この季節、外壁から外に出るたびに、ここを見せたいと思っていました。優雅で美しいでしょう？」

「ええ、本当に。美しくて、とても力強いと思います」

「力強い、でしょうか……？」

強い風が吹けば、あっという間に花弁を散らしてしまうアネモネの花。ただそれだけを見ていれば儚さが美しいと思うのかもしれない。でも……。

「はい。わたしは、そう思います。風に吹かれながら咲き誇り、たとえ花弁を散らされても、毎年同じ場所で同じように花を咲かせてくれますから……！」

ああなりたいと絶えずイリニエーレも思っていた。そして、わたしもそうありたい。

真っ直ぐにアネモネの群生地を見つめながら、グッと手のひらに力を入れる。そんなわたしに顔を近づけギルフォードはにこりと笑う。

「それならば、やはりあの花はステラにお似合いですね。あなたに似て、とても儚げに見えても、芯が強く美しいところがそっくりです」

柔らかな緑の瞳から向けられた言葉に、顔が真っ赤に染まる。なりたいと思っていた憧れの花にそっくりだと、面と向かって褒められてしまうと恥ずかしさが先に立ってしまう。

「ギルフォード様……そんなっ、からかわないでくださいっ！」

「からかってはいないのですが……本心ですよ。本当に、そう思っています」

フッと軽口のような笑い声に、もうっ、と口を尖らせた。わざと怒ったフリをしてギルフォードから顔をそらす。

それ以上ギルフォードは何も言ってこなかったが、ただそれでも、彼から言われた言葉がわたしの胸をトントンと優しく、いつまでもノックし続ける。

そうしてしばらくの間、ただ静かに揺れる花をギルフォードと共に眺めていた。

「……あの、ギルフォード様。どうしてここまでわたしによくしてくださるのでしょうか？」

アネモネの花びらが風に舞い上がり落ちていくのを見ているうちに、いつまでもギルフォードとの関係をこのままにしておくわけにはいかないという思いが頭の中をよぎった。

プロポーズを断ったにもかかわらず、彼はわたしと一緒にいたいだけだと言い、今もこうして出掛けたりもしている。

今日の馬車の用意にしても、その前からも常にわたしに気をつかってくれている。貴族として人前で飲食ができないことは致命的なはずなのに、何でもないことだと笑いながら。

ただそんなギルフォードの気持ちに甘えてばかりいていいものだろうか……。

「——勿論、僕があなたのことが好きだからです、ステラ」

そんなわたしの問いかけに、これ以上ないほどの直球を投げ返され、ドクンと大きく胸が鳴った。

「で、でも、わたしはギルフォード様のプロポーズも断ってしまいましたし……」

ほとんど外に出たことがない引きこもり。宝石眼を隠すためでもあるけれど、やはり一番の理由は家族以外の人とは関わり合いになりたくなかったからだ。

そんな理由で一度はきっぱりとギルフォードを拒絶したというのに、なぜ？　そこまでしてわたしのことを？

首を傾けて下を向くわたしの頬を、ギルフォードの手のひらがそっと触れる。

「ずっと前からあなたが好きでした。きっとあなたは知らないでしょうが、本当にずっと……」

「え？」

前からって、いったいどこでわたしを？　だから外壁を通るたびにこの花を見せたいと思っていたの？

思わず顔を上げたわたしの瞳をギルフォードの瞳が捕まえる。

「ステラのために考え、ステラのためにすることが、僕には何にも代えがたいほど嬉しくて幸せなことなのです。だから、悩まないで」

「悩まない、なんて……」

「あなたのことが好きで、一生側にいたいから結婚を申し込みました。でもそれがステラにとって不安の種になるのでしたら形にはこだわりません。ただ、これからもずっとあなたの側にいられることが僕の幸せですから」

うっとりとわたしを見つめるギルフォードの手のひらが熱くてどうにかなってしまいそうだ。

「でも、ギルフォード様は王子殿下で、この国のためにももっとお似合いの方と……」

「そんな人はありません。僕に必要なのはあなたであり、他には何もないのと同じなのです」

強い、強い。それは独占欲にも似た感情をぶつけられて頭の芯がぼおっとする。

「ステラ……僕を見て」

ゆっくりとギルフォードの顔が近づいてくる。「好きです」と囁きながら彼の唇がわたしの頬へと優しく触れた。

「あっ……ギ、ギルフォード様?」

「すみません。でも、僕の本当の気持ちを知ってほしくて」

突然のキスを嫌だと思う気持ちは全くない。むしろ頬に感じるギルフォードの熱と同じような熱が胸の奥から湧き起こり、じわりと体中に広がり始めたような感じがした。

第四章　宮殿でのお茶会

どうやらいつの間にかわたしとギルフォードの婚約が秒読みだという噂話が王都中を駆け巡っているらしい。

今までそういった噂の一つもなかった彼が、あれだけ頻繁に会って出掛けている姿を見れば誰だってそういうふうに考えてもおかしくはないだろう。

ましてや、実際魔法騎士団のパーティーでギルフォードはわたしに結婚の申し込みをした。あの場では答えは保留のままで何一つ答えたわけではなかったが、酔っ払って盛り上がった騎士団員たちがそんなことまで覚えているわけがない。

おそらく噂の拡散に一役買っているのではないだろうか？

ギルフォードは肯定をしていないけれど、否定もしていないようだし……。

そんなわけで、その噂を確認すべく、ありとあらゆる年代、性別、そして階級の人たちから話を聞かせてほしいと狙われて付き纏われているのが、何を隠そうアルマお兄様だった。

「めちゃくちゃ大変なんだからな！　どこへ行っても、誰と仕事の話をしていても、必ずお前と殿下の話を聞かせてくれと言ってきて。あー、もうっ！　下手なことは言えないし……おい？　ステラ、聞いているか？」

「はい、ちゃんと聞いていますよ。とにかくお父様たちが隣国へ行っていて良かったです」

「本当にな……って、そうじゃないだろう？　おい、おい、おい」

ステラー！　と泣きつくお兄様には申し訳ないが、そんな面倒なことをただでさえ忙しいお父様たちに負わせたくない。そうでなくても宝石眼を隠さなくてはいけないのに、第三王子であるギルフォードから求婚されている微妙な立場なのだから。

とりあえずお父様たちが帰ってくるまでにはギルフォードとのことをどうにかしないと……。

「ああ、あとな……うーん。これは言ってもいいのかなあ。いや、これは殿下に聞いてから？」

聞き流していたらまだ話の続きがあったようで、お兄様が口を尖らしつつ言い淀んでいる。

「何ですか、お兄様。他にも何か噂があるんですか？」

「いやその、ギルフォード殿下は魔法騎士団の団長になれるくらい魔法の才能があるわけじゃないか。そのうえ頭も良ければ顔も良い。さらにはステラに惚れるくらい趣味も良い」

鼻高々で妹自慢を入れ込むところがお兄様らしくて溜息が出てしまう。でもまあ、わたしの容姿や中身のことはともかく、たしかにギルフォードの評価については間違っていない。

「ただ第三王子ということと、長いこと王都から離れていたうえに政治活動には全く手を出さなかったから今まで取り沙汰されたことはなかったんだが……」

「いったい何が言いたいのですか？」

「つまり、その有能な王子殿下が王都の貴族と縁を持って、政治に乗り込んでくるっていうか、まあ次期国王に立候補するんじゃないかってことだよ」

「まさか……!? いいえ、次期国王なら王太子のアーノルド殿下がいらっしゃるじゃないですか。それを差し置いてなんて……」

「まあ本来なら当然ありえないことなんだがなあ」

いくら三十半ばになっても即位させてもらえないといえども、王太子という地位は間違いなく彼のものである。第一、アーノルド殿下の母親は正妃殿下であり、その下にも同母生まれで五歳違いの第二王子エルドレッド殿下がいる。

血筋と順序からいけば第三王子であるギルフォードの出る幕などないはずだけれども……。

「実際のところ、王太子はクソみたいなものじゃないか。遊び歩くだけでろくな話を聞いたことはないし、第二王子も今じゃヤツに隣国へ追い出されて帰って来られないって話だからな」

それは知らなかった。イリニエーレの記憶では、エルドレッド殿下は才気煥発(さいきかんぱつ)というほどではないが、思慮深くもの静かな男の子だった覚えがある。

「それじゃあ、つまりギルフォード様がアーノルド殿下を押し出して、王太子になるつもりではないかっていう噂が流れているのね」

普通ならばそんな話が出るほうがおかしい。つまりはそれだけアーノルド殿下が周囲から見放されているという証拠なのだろう。

「そういうこと。ここまでくると陛下が今までアーノルド王太子殿下の即位を拒んでいたのはギルフォード殿下がふさわしい年齢になるのを待っていたんじゃないか、って話まで出てきているらしい」

「そんなこと……」

たしかに国王陛下はギルフォードをとても可愛がっていた。第二王妃殿下を愛していたのと同じくらい彼を慈しんでいた。

しかしだからといってアーノルド殿下を軽んじていたことなどないはずだ。

常に次代の国王となるアーノルド殿下に心をくばり、彼が正しくあるよう導いていたことをわたしは知っている。

「それだけあのクズ王太子がどうしようもないのは周知の事実だろ。まあ国王陛下のお考えがどうなのかっていうのが結局のところ一番なんだろうけどなあ」

そういえば劇場でアーノルド殿下とばったり会ってしまったときにギルフォードが随分と絡まれていたっけ。あのとき、たしか殿下はギルフォードに向かって『地盤固め』だの、『支持』だのと言っていた。

妙な言いがかりだと思っていたけれど、もしかして王都に来たばかりの頃から、彼にはそんな噂が出ていたのかしら？

だとしたら、もしギルフォードに王太子になりたいという気持ちがあるのならば、宝石眼を持つわたしは彼にとって最高の切り札になり得る。

レーミッシュ王国では宝石眼の乙女(おとめ)を正妃にすることで国がいっそう栄えると信じられている。だからこそ、イリニエーレが生まれた直後であってもアーノルド殿下の婚約者にと望まれたのだ。

まさか、ギルフォードがわたしの宝石眼に気づいたとは思えない。

……ただ、随分前からわたしのことを知っているようなことを言っていたのには少し引っかかるものもある。

どうやら同じ考えに至ったお兄様が顎(あご)に手を当て思案し始める。

「何にせよギルフォード殿下には、ステラの保護者として話を聞かなければならないだろうな」

「僕は王太子の地位など望んでいませんよ」

わたしの名前でギルフォードを呼び出すと、時間のあるときにと書いたにもかかわらず、当日の午後には腕いっぱいの花束を抱いて、コートン家の屋敷へとやってきてくれた。

あまりの早さに若干引きつつ、お兄様がギルフォードの意思を確認すると、あっけらかんと王太子の地位には全く興味がないと言い放った。

「あんな面倒なものになりたいのは、自己犠牲がすぎる者か、ただの阿呆かのどちらかです。生憎と僕はそのどちらでもないので」

「はあ、そうですか……」

いくら何でも酷くはないかと聞き返したくなるほどの口ぶりだ。

「しかし、その……。不敬なことに聞こえるかもしれませんが、もしも陛下がギルフォード殿下の立太子をお望みでしたらいかがなさいますか？」

「お兄様!?　それは……」

アルマお兄様が言いにくいことをズバリと言ってのける。さすがはコートン商会の跡取りだけあって踏み込み方が普通ではない。

でも、いくらなんでもここまで聞いてしまうのは……と、わたしは酷く慌ててしまった。

しかしギルフォードは眉をピクッと上げると静かに息を吐いた。

「それこそありえません。第一、僕は成人してから十年近くまともに陛下とは話をしていませんし、顔もほとんど合わせてはいませんから」

そういえばデビュタントのときも遅れて入場してきたし、ダンスを踊った後はあっという間に会場からいなくなっていた。あの短時間では挨拶すらする時間はなかったはずだ。

グロリアナ妃殿下が亡くなられてからというもの、陛下とはギクシャクとした空気が流れていたのは知っていたが、イリニエーレがいなくなってからも二人の関係がずっとそのままだったとは……。

スカートの上に置いた手にギュッと力が入る。あの広い宮殿で一人残されていたギルフォードのことを思うと、やりきれない気持ちでいっぱいになる。

「それに陛下がアーノルド兄上を廃太子とされるのならばあのときにするべきでした……」

申し訳なさで顔を伏せていると、ギルフォードの小さな呟きが耳に入り、思わず繰り返し尋ねてしまった。

「あのとき、とは？」

「……いいえ、何でもありません」

ギルフォードは珍しく顔をしかめると、お兄様へ向かい「とにかく」と前置きをして答えた。

「政治など興味はないし、そんなもののせいで好きな人と一緒になることができないとしたら、僕にとっては価値どころか足枷にしかならないでしょう」

そう言いきると、わたしの方をジッと見つめる。

少し拗ねたような口元が、せっかくわたしに呼ばれ急いできたのにアーノルド殿下のことかと責められているようでなんとなくきまりが悪い。

「でも、随分と噂になっているようです。その、ずっと王都に近寄らなかった殿下が今になって、なぜこんなにも長く滞在しているのかと……その理由が」

「ステラと一緒にいたいからですよ。そんなことは決まっています」

他に理由はないでしょう？　と逆に聞かれてしまった。

あまりにも当然のようにわたしへの気持ちをぶつけてくるギルフォードの言葉に、呆（あき）れつつもなんとなくむずがゆい気持ちにさせられる。

外壁の外へ出掛けたときにあらためて、「ずっと好きだった。一緒にいたい」と告げられ頬（ほお）にキスされてから、ギルフォードは一切遠慮がなくなった。というのも、魔法騎士団のパーティーのときのようにわたしが拒否しなかったからだろう。

とりあえずギルフォードの意向を確認したお兄様は、わたしたちが考えていたような、彼が宝石眼のことを知っているということはないだろうと一応納得した。そうして時計を確認すると商会の打ち合わせの時間が迫っているからと慌てながら急ぎ家を出ていった。

二人、応接室に残されるとどこか微妙な雰囲気になる。

本来ならこんな噂が立ったと知った時点で、わざわざギルフォードを呼び出して話なんて聞かずに、繋（つな）がりを徐々に断っていけばよかった。そうすれば宝石眼や王族について余計なことなど考えなくてもよくなる。

でも、そうしてしまったらわたしは、二度とギルフォードには会えなくなってしまう。

そんなのは、嫌だ……。

自分がどうしたいのかもわからず、どうにもすっきりとしない気持ちを落ち着かせるようにと深く息を吐くと、なぜかソファーの向かい側でギルフォードが同じように溜息をついていた。

「どうかされました？」

先ほどまでの拗ねたような雰囲気から真面目な顔に変わった。わたしは姿勢を正してギルフォードに向かい合う。

「実は王都周辺の都市で、結界石が立て続けに壊れるという報告を受けました。初めは事故か劣化の可能性ということで団員に調査をさせていたのですが、どうも壊れ方に作為的な恐れがあるようだと」

「まあ!?　それは大変なのではありませんか！」

「ええ。どんな意図があるのかわからないので、内密に調査を進めている最中なのですが、とりあえず破壊された結界石をどうにかしなければなりません」

結界石とは、魔物の侵入から人々を守るための大事な役割をする魔石のことだ。特に王都は外壁の五方に竜石――竜から剥がれ落ちた鱗を結界石に使用しているのでまず壊せるものではないが、地方都市全てで竜石を結界石にするのは不可能だ。

ゆえにそれなりの大きさの魔石を結界石として使っているのだが、それでも魔法を使えば破壊できないことはない。

「そういったわけで、至急新たな結界石の設置をせよと、現在王都に駐留中の魔法騎士団に王命が下されました」

「……ということは、ギルフォード様が？」

「はい。明日から少しばかり王都を離れなければなりません」

「そんな……随分と急な話なのですね」

「箝口令を敷いてはありますがそれもいつまで持つのかわかりませんので、できるだけ早く設置に回らないと」

結界石の話が出たところで薄々は感じていたが、こうして直接ギルフォードから魔法騎士団の仕事の話を聞くとドキリとする。

魔物討伐と共に結界石や国境の警備、それから魔法犯罪の対応など、魔法騎士団の仕事は多岐にわたる。そしてその多くはかなり危険を伴う仕事だ。

魔法犯罪は何かとことが大きくなりがちだし、魔物はそもそもが人を襲う存在である。

こうして王都にいる姿しか見ていないわたしにとって、ギルフォードが危険な場所に向かわなければならない立場だということをあらためて実感させられる。

魔法騎士団長なのだし、王命なのだから仕方がないのだけれども……。

テイラー伯爵家で見た魔物の剥製を思い出す。あれでも十分危なげなものだったのに、それ以上の魔物が襲ってきたら、と考えるだけで震えてしまう。

「あの、ギルフォード様に危険なことはありませんよね」

「ええ。対象の都市近辺は現在魔物の報告もありませんし、僕の仕事は新たな結界石の設置ですから」

危険がないと言われて小さく安堵した。しかし、肝心のギルフォードはしおれたように目を伏せた。

「ただ数があるため、時間が多少かかってしまいそうなのが気がかりです」

意気消沈した彼の長い睫が緑の瞳にかかり、愁いを帯びた表情を見せた。いつもキラキラとした笑顔の彼がしゅんとしている姿は、わたしを落ち着かない気分にさせる。

「ギルフォード様、大丈夫で……」

あまりに気を落としているので声を掛けたけれど、急に腕を取られグイッとソファーから立ち上がらせられた。

「あ……？」

ギルフォードはわたしの手をギュッと握ると、そこに自分の唇を落とした。それからそのまま願い事を告げた。

「ステラ。今度僕があなたのところへ帰ってきたら、一緒に行ってほしい場所があります。行っていただけますか？」

お願いします。と、顔も上げずに頼み込むギルフォードの声がいつもより真剣に聞こえる。

なんとなく、今はその場所を聞いてしまうのはいけない気がした。だからわたしは、そこがどこなのかも聞かずに「はい」とだけ答えた。多分それが正解なのだと思う。

ギルフォードはそれに満足したのか、それ以上は何も言わずにコートン家の屋敷をあとにしていった。

わたしはその夜、彼がケガだけはしないでほしいと祈った。そしてしばらくの間、彼に会うことができないという寂しさを胸に押さえつけながら眠りについた。

ギルフォードが緊急の王命によってこっそりと王都を出発してしまうと、一時期減っていたわたしへの招待状が倍の数となって復活した。

ギルフォードの婚約相手では？　という噂が蔓延（まんえん）していたときには直接何も言われなかったのに、彼が王都からいなくなった途端、ここまで露骨に招待が舞い込んでくるとは……。

きっと、わたしが捨てられたんじゃないかみたいな話を聞きたいんだろうなあ。社交界って本当に怖い。

それでも全てを放っておくわけにはいかないし……。さてどうしようか？

ギルフォードと散々出掛けているところを見られている今となってはもう、体調不良などという言い訳は使えない。

今度こそ無い知恵を絞って、うんうんと頭を抱えていたところ、思いもよらぬところから救いの手が現れた。

「全部断っちまえばいいよ、ステラ嬢」

「本当によろしいのでしょうか？　チェスター様」

「いいの、いいの。〝気うつの病にて失礼します〟とでも書いておけば勝手に想像してくれる」

たしかにそれは貴族の社交でよく使われる文句だ。特に女性ならばどんな状況でもまあまあ許される汎用性の高い常套句でもある。

……生まれ変わった後、引きこもり生活が長くて忘れていたわ。

「気うつって、それじゃあうちの可愛いステラが病んでいるみたいじゃないですか！」

「違うって。四百四病の外を病んでんのはうちの団長のほうだからさ。まあどっちにしても帰ってきたら団長が処理するから気にしないでいいよ」

四百四病の外って、それはもしかしなくても恋煩いってことじゃあ……？

ポッと顔を赤らめるわたしをよそに、へらっと笑いながら魔法騎士団副団長のチェスター・テイラー様が、わたし宛の手紙をほいほいっと片っ端から処理済みの箱に投げ入れた。

そしてそれをいちいちチェックし直すアルマお兄様を見て大笑いしている。

「聞いていたとおり、アルマの妹バカは凄まじいな」

どうやら魔法騎士団が結界石の処理に出掛けている間、王都留守居番として残ったチェスター様にギルフォードが、わたしの様子を見てもらえるように頼んでいったらしい。

出発前に届いた花束には〝番犬を一匹置いていきます〟と書かれたカードが差し込まれてい

て、それが本物の犬なのか一瞬悩んだりもしたが、その日からコートン家に顔を出し、お兄様とやり合っていくチェスター様を見て、彼のことだったのねと納得した。

由緒ある伯爵家の一員でもあるチェスター様は、口は悪いが貴族的な経験値はお兄様よりもはるかに高いので、この辺りの処理は慣れたもののようだ。

おかげさまで、わたしとしてはかなり気が楽になった。

「それで、パーティーでステラ嬢が襲われた事件の事後処理が終わったんだけどな」

「ええと、たしかフリエッグ子爵家のご令嬢でしたよね、あのお方は」

「そう、コリンナ嬢ね。彼女さ、グルニエル伯爵家の預かりとなって修道院へ送られることになったよ。魔法が使えるからさほど苦労はしないだろうけど、社交界復帰はもう無理かなあ」

護身術の稽古に付き合いながらチェスター様が教えてくれたことによると、なかなかに厳しい判決が下されたようだった。

わたしにしたことを考えると、意外にも重めの処分のようだ。しかし王子であるギルフォードをケガさせたという理由ならばそれも仕方がないのかもしれない。

ただ、後ろ盾があればもう少し軽くなりそうな気がするのだけれど……。

「……グルニエル伯爵家といえば、王太子殿下の第二妃、ベルトラダ妃殿下のご実家ではなかったでしょうか？」

「そうそう。近い間柄のようだけど、結構バッサリと切り捨てたよね、あの人たち。まあ、団長が相当キレて追い込みが半端なかったから、取り潰されなかっただけでもマシだと思わなけりゃな」

苦笑するチェスター様。もうそれだけでギルフォードが無茶をしたというのが手に取るようにわかる。

どちらかといえば彼は自分のためでなく、わたしがケガしそうになったことに対して怒ってくれたのだろう。

『もしもあなたがケガをしたならば、僕はケガをさせた者を絶対に許すことはできません』

そうギルフォードが言っていたことを思い出した。

あの言葉どおり実行する彼のことを、過保護すぎるのでは？　と言ってやりたくなる。

そしてそれと同時にわたしだって彼にケガをさせる者は許せないし、凄く心配だってしているのよ、と強く思ってしまう。

「とりあえず、ベルトラダ妃殿下近辺からの招待にはよく気をつけてな。あっちはステラ嬢のこともおそらく調べているだろうから」

「まさか……王太子殿下の第二妃殿下から、一男爵家に招待状なんて……ねえ」

「いや、わかんねえよ。何せ、まあ、あの王太子の嫁さんだしなあ」

なんて嫌なセットなのだろうか。心の底から同意しながらわたしは額に流れる汗を拭いた。

チェスター様からそう注意喚起を受けて気をつけていたのにもかかわらず、それからそう間も空かないうち、どうやっても避けようのない悪夢のような招待状が届いてしまった……。

執事から渡された金ぴかの箔押し（はくおし）が乗った招待状を見たとき、わたしとお兄様は二人で頭を抱え込んだ。

「宮殿からお茶会の招待状って？　嘘（うそ）でしょう!?」

「今年成人した令嬢との談話のためのお茶会だそうだ」

ええーっ!?　そんなお茶会は生まれ変わる前も今も、開催されたことはないはずよね。いったいなぜ？

先に中身を見ていたお兄様から招待状を受け取り急いで中を確認すると、主催として王太子妃と第二妃の名前が連名で書かれていた。とても嫌な予感がする。

覚えている限りでは、あまり仲の良くない二人だったような記憶があるのだけれども、年齢を重ねて丸くなったのだろうか？

ちょっと信じられないなと考えながら開催日時を確認して、もっとありえないと思った。

「明後日!?　え、嘘……。お兄様、これもお断りできると思いますか？」

「宮殿からならば、まあ無理だろうな。王都にいなければ別だろうが」

「そうですよねえ……」

新成人の初めての社交シーズンならば貪欲に予定を入れたがるものだ。それが宮殿で行われるお茶会ならばなおのこと。

少しくらい日程が急であっても、皆気合いを入れて参加してくるはずだ。それならばそれなりの人数が参加することになるだろう。

どうにもならないのであれば、せめて目立たないようにしたい。できるかぎり独りでいようと心に決め、見苦しくないほどの体裁を整えて宮殿へ足を運ぶことになった。

お茶会の日、早咲きの薔薇の花が咲き始めた宮殿の前庭を通り抜け、お茶会が開催されるという三階の東側の部屋へと案内された。

この辺りは王太子が使用する区画のため、アーノルド殿下に嫌われていたイリニエーレはほぼ足を踏み入れたことがなかった。だからほんの少しだけ新鮮な気持ちで入室をする。

午後からのお茶会ということもあり、どれほどの時間がかかるのかわからないので、念のためにに宝石眼を隠すための目薬もバッグの中にある。お兄様からはしつこいまでに「予備を！」と言われたが、一本あれば十分でしょう。さあ、準備は万端だ。

この宮殿でのお茶会以外は全て断りの手紙を送っておいた。だからここをなんとかやり過ごせば、しばらくの間はまた静かな生活ができるはず。

そう期待を込めて入った部屋の窓際。天気が良いからと広いテラスを開け放ちそこに用意されたテーブルに案内された途端、ああ、今すぐ帰らせてほしいと天を仰いだ。

――よりにもよって、イリニエーレが毒殺された中庭を見下ろす場所でお茶会なんて……。

いくらなんでもこの場所はない。まさか自分の前世で命を落とした場所が見えるところへ来ることになるとは思いもよらず、思わず回れ右をしそうになってしまった。

「皆さんお座りになってね。今日は皆さんと親睦が深められれば嬉しいですわ」

しかしちょうどそのとき、主催の一人であるロザリア様がふんわりと口火を切った。招待された同世代の令嬢たちが一斉に席に着く。

わたしはなんとか踏みとどまり下座の一番端に座ろうとしたのだが……。

「あら、わたくしの隣も空いていましてよ。どなたかお座りになりませんこと？」

ベルトラダ様の冷たい声が空気を切り裂く。一瞬、シンッと場が凍ったかのように静かになったがすぐに「まあ、わたくしたちには恐れ多いことですわ」「妃殿下のお隣はやはり王族の方でなければとても……」と令嬢たちの声が上がる。

誰にとはあえて口には出していないものの、その時点でもうほぼ全員からジッと熱い視線を向けられているのがわかった。

うん。これはもう皆さんギルフォードとわたしの噂を知っているのでしょうね。

でもベルトラダ様の隣になんて座れるわけがないでしょう。それではまるでわたしが王族になるのが決定しているみたいじゃない。

キリキリする胃を押さえながら愛想笑いを振りまき、ベルトラダ様や他の令嬢たちの言葉は聞こえなかったフリをして予定どおり一番端の椅子(いす)に座る。

そうして始まったお茶会は和(なご)やかとは言えなかった。

しかし意外にも皆大人(おとな)しく、てっきりギルフォードのことをいろいろと聞かれることを覚悟していたのだが、主催二人を筆頭に、お茶会が始まってもわたしに向けられるのは視線だけで声は全くかからなかった。

令嬢たちの席の前には美しいティーカップと共に色とりどりのお菓子や軽食が置かれているにもかかわらず、わたしの前には野花の入った小さな花瓶が一つだけ。あきらかに他と違う対応に戸惑ったのかもしれない。

一見しただけではどう見ても招待をしておいてお茶も用意しないイジメそのものだものね。

しかしこれはわたしが参加の返事をするときに〝持病のためパーティーでの飲食は制限されております〟と書いて送っておいたからだった。

……いっそわたしの返事に怒って、お誘いを取り消してくれればよかったのに。そうならなかったのは残念極まりない。

とりあえずこのまま黙っているだけでこの時間が過ぎていきますように、と心の中で祈ってみたものの……そう簡単に願いは聞いてはもらえないようだった。

「ところで、ステラ嬢は本当に何も口にしないのね。宮殿の料理長が腕を振るってくれたのだけれど、やっぱりステラ嬢のお口には合わないのかしら？」

「あらあ、ご病気があるから食べられないのですって。健康に不安があるのは大変ですわね」

突然ロザリア様とベルトラダ様がわたしに向かって話しかけてくる。最初の一言だけで、今の今までほぼ無視されてきたのに、突然毒のある言葉が降って湧いてきた。

「申し訳ございません。なにぶん病気ですので、どうぞお許しくださいませ」

「でも、それでは楽しめませんねえ。わたしがお相手できればよろしいのですが……ステラ嬢ももう少し積極的に皆さんにお声をかけてみてください。そうね、恋のお話なんていかが？」

「わたくしもお聞きしたいわあ。ステラ嬢にもしもそんなお話があるのでしたらねえ」

「そんな……わたしの話など」

チクチクと棘を刺すような言い回しで暗にギルフォードとのことを尋ねてくる。しかし、これは悪意というよりもむしろ、わたしに何か探りを入れているのではないかと思えてしまう。

やはり彼女たちの耳にも、ギルフォードが王太子の地位を狙っている、などという噂が届いているのだろうか？

「最近、兄と仲良くしてくださったお方に、数回ほどエスコートをしてはいただきましたが、ご厚意に甘えすぎてしまったようです。ご迷惑がかからなかったかと心配しておりますわ」

わたしは粗探しをされないよう気をつけて答える。

「きっと、わたしの浮かれた姿が皆様に誤解をさせてしまったのかもしれませんね」

そしていかにも相手にされなかったという体で気まずそうに恥じらってみせた。

「では、プロポーズを受けられたというのもただの噂でしたのね」

「変だと思いましたわ。だって、男爵家でしょう？　ねえ」

わたしにわざと聞こえるように会話を交わし合う令嬢たちの言葉にうつむき睫を伏せた。

なんだか女優にでもなったみたいな気分だと思っていると、「まあまあ」と間に割って入り令嬢たちをなだめるような声がした。

「それでは皆さんが勘違いなさっても仕方がないことね。何かの間違いのようですから、ステラ嬢も気に病まないほうがよろしいわ」

柔らかい笑顔でロザリア様が気遣うような台詞を吐き出すと、ベルトラダ様が鼻で笑いながらわたしを見下ろした。

「コートン男爵家ではねえ。そもそも立場が違うのだから、フリエッグ子爵がなんと言おうとわたくしは最初からそう思っていたのよ」

そうそう。ロザリア様は美しい顔、優しい言葉を使い、悪気なく人を下げる言い方をする人だった。そしてベルトラダ様はきつい外見と同じように直接的に人を下に見るところがあった。年齢を重ねても人というものは根本的なところは変わりようがないのだと、つくづく思う。

ギルフォードだって見た目はあんなに格好良くなったが、甘えたがりなところは変わっていなかったもの……。

そんなことを考えていると、ふいにギルフォードの熱のこもった緑の瞳が脳裏に浮かんでドキリとする。

いやいや、あれは変わったというよりも、隠れていたものが表面に出てきただけで……隠れていた？　いつ頃から？　なんだろう。わたしが忘れているものがあるような気がして……。

「きゃあ！　アーノルド殿下よ！」

「マクシム様もご一緒だわ！」

突然沸いた令嬢たちの喜色を含んだ声で、沈みかけた思考から一気に引き戻された。

気がつけばいつの間にかお茶会にやってきたアーノルド殿下が、ロザリア様とベルトラダ様の間に挟まり二人の頬にキスを落としているところだった。

そのすぐ後ろには当然のように側近のマクシム様が静かに控えている。

「ご令嬢方を集めてお茶会をしていると聞いてね。妃たちと共に俺を支えてくれる皆の顔を見にきた。ロザリアとベルトラダをよろしく頼むよ。なあ、マクシムも一緒に言ってくれ」

フッと微笑みながら金色の髪をなびかせるアーノルド殿下は性格はともかく顔だけは良い。

豪華な金糸の刺繍の入ったコートに身を包むなど、相変わらず自分の姿を一番良く見せる方法を知っている。

「アーノルド殿下のおっしゃるとおりでございます」

「なんだそれは。せっかく若い令嬢を前にしたんだから、お前もたまには愛想良くしろ」

皆、悪いな。と、全く悪びれもせずにニヤニヤと笑う殿下の後ろに立つマクシム様。

彼もイリニエーレが知っている頃の様子とあまり変わることなく、金色の長髪を一つに結び、伏せがちで切れ長の緑の瞳に黒いジャケット、黒い手袋といった姿で淡々とアーノルド殿下に仕えている。

成人したての若い令嬢たちは彼らの美貌を目にし、言葉を聞いただけで頬を赤く染めた。声の大きさからいって、この場にいる令嬢からの秋波は、すでに妃が二人もいるアーノルド殿下よりもマクシム様のほうが多く思える。

相変わらず何を考えているのか読みにくい表情をしているのに、むしろそれがものなれない若い令嬢たちには魅力的に見えているのかもしれない。

どちらにしてもわたしなら二人とも願い下げだ。

それからロザリア様たちと二言三言、ひそひそと言葉を交わすと、アーノルド殿下は「それでは皆、楽しんでいってくれ」と手を上げた。

そのとき、アーノルド殿下がジロリとこちらに視線を向けて、何かを見定めるようにしていったのはわたしの勘違いではないはずだ。去り際に彼と話をしながら歩き出したマクシム様の目も、こちらを一瞥（いちべつ）していった。

別にイリニエーレに向けたのと同じ、蔑（さげす）むような視線を向けられたわけではない。ただ、彼らの値踏みするような視線がとても嫌だった。

なんだか背筋がゾクリとして気持ちが悪い。それはまるで、わたしのトラウマである、人前で食事をとることを考えたときに覚える不快感にも似ていて、胸が激しくむかつきだした。

人前、特にお茶会という場所で粗相をしてはいけない。これ以上目立たないようにしていられるかな、と心配していたのだが、それは杞憂に終わる。

ギルフォードとの話は進展がないどころか、わたしからの一方的な懸想であり相手にもされていないようだと思われたらしく、ロザリア様とベルトラダ様は途端にわたしへの興味を失ってしまったようだ。たかが男爵令嬢にこれ以上時間をさくよりも、新しいドレスや流行のほうへと成人したての令嬢たちと話に花を咲かせ出した。

良くも悪くもこの二人の関心は、見目麗しく成長したギルフォードにはあっても、わたし自身には全くないようだった。

……まあ、願ったり叶ったりというところね。これで二度と宮殿に呼ばれないことを祈りましょう。

あとは苦行の時間だと思って、静かに時間が過ぎるのを待つことにする。その間にもロザリア様たちは令嬢たちと共に流行の話に興じていた。

そうしているうちに先ほど見かけたアーノルド殿下と彼女たちの態度を思い出す。

彼が姿を現したとき、言葉だけは歓迎していた。しかしそれほど喜んでいたようには聞こえなかったと感じたのは気のせいだろうか？　今の会話のほうがよほど楽しげだ。

彼女たちはアーノルド殿下とはイリニエーレと婚約しているときからの付き合いで、結婚してから十六年以上は経つだろう。それにもかかわらず二人共に子どもはいない。もう今さら愛だのなんだのという年齢ではないのかもしれないけれど、アーノルド殿下の世継ぎについては何も思うところはないのだろうか？

それでもなお昔のように贅沢なドレスや宝石を身に着けお茶や会話に興じる姿を見ていると、もしかしたらこの二人は、あの当時でさえアーノルド殿下をそこまで愛していなかったのかもしれない。そんなふうに、ふと感じてしまった。

頭を下げて階下の中庭に目を向ける。そうしていると、あの日、薔薇の蕾も付かぬほどの寒々しい空気の中で行われたお茶会を思い出す。

イリニエーレが毒を飲んだとき、円形のテーブルにはアーノルド殿下、その両隣にロザリア様とベルトラダ様、そしてヒルデガルド様が着いていた。

生まれ変わってから知ったのだが、領地から取り寄せたお茶だと言いながら淹れてくれたヒルデガルド様がイリニエーレ毒殺の犯人として処刑された。

取り調べでヒルデガルド様は自分がイリニエーレに毒を盛ったと自白したそうだ。そしてその後本人は刑に処されるまで心神耗弱で正気と喪心の間を行ったり来たりしていたという。

……しかしそれは果たして本当なのだろうか？

当時のイリニエーレから見ても、アーノルド殿下の三人の恋人たちは現状に満足していたように思える。王太子である彼に愛され、甘え、消費するだけで責任の欠片もない立場だった。

そうでなくてもイリニエーレは〝宝石眼の乙女〟というだけで、アーノルド殿下から見向きもされていない、わざわざ相手にする必要もない存在だった。

けれども、彼女たちの中では明確な差があったのもたしかだろう。

ヒルデガルド様はあの三人の中でも一人だけ家格が下の子爵令嬢であり、おそらく一番アーノルド殿下に執着していたのも彼女だった。一見当たり障りのないように接していても、時折ロザリア様たちを見る目に嫉妬の炎が見え隠れしていたのを覚えている。

王家では第二妃までが正式な妃として認められている。たとえアーノルド殿下が三人を平等に愛していたとしても、はじき出された二人は妃ではなく愛人としての立場しか与えられない。

――それならばもし、彼女たちの誰かが毒を盛るのだとしたら、むしろお互い同士なのでは？

ヒルデガルド様が手に入れたという毒を、本当に飲むべきだったのは、ライバルであるロザリア様とベルトラダ様だったのだとしたら？

急に浮かんだ考えに妙に頭が捕らわれてしまう。そうなのだとしたら、イリニエーレが毒殺されたことは全くのとばっちりになってしまうのではないか……。

そんな考えに至り、頭を痛みが激しく襲う。

亡くなる前に感じた苦しみも痛みも、全てが間違いだとしたら……。

そんなことを考えれば考えるほど痛みが激しくなる。もうこのまま宮殿の中庭が見える場所に居続けることが、気持ちが悪くて仕方がない。

「気分が優れないので失礼させていただきたいのですが」

口元を押さえながらテーブルに付いている宮殿の侍女へ声を掛け、席を立たせてもらう。こっそりと退出の言葉を伝えているとロザリア様がちらりとわたしの方を見た。

もう用はないと考えたのだろう。知らん顔でぷいっと横を向くと、すぐに令嬢たちとの会話に夢中になっている。わたしはその賑(にぎ)やかな場所からそっと離れていった。

お茶会の部屋を出ると、案内係の侍女にさっそく馬車への連絡をお願いした。

本日は宮殿で上層部による緊急議会が行われているということで、馬車溜(だま)りに駐(と)めておく場所が足らず、家格の低いコートン家の馬車は少し遠目の場所に置かれているらしい。

「至急伝えて参りますので、少々こちらにてお待ちくださいませ」

そう言って留め置かれたのは人通りのある二階の階段横ホールだった。宮殿の広さと位置から考えても、おそらくそこそこの時間をここで待たされることになるだろう。

でも、さすがに少しだけ喉が渇いたわね……。

わたしはこういったときのために鞄(かばん)に入れてある、携帯用の小さな瓶に手をかけた。喉を潤すためだけの量の水しか入っていない。それでもこれだけあれば十分だ。

ただ自分自身のトラウマのせいもあり、中身がバレないからといって、こんな人通りのあるところで水を飲むなんてことは絶対にできない。きょろきょろっと周りを見回すと、一つの隙間を見つけることができた。

一見するとただの行き止まりにしか見えないこの隙間は、魔法によって空間が閉じられているところだ。手前のタイルに彫られている左下を向いた百合（ゆり）の花が、この奥に隠し部屋があるという目印になっている。

王族にしか教えられない、いくつかある秘密暗号のうちの一つで、この他にもたくさんの隠し通路や抜け穴などがある。これらはイリニエーレがアーノルド殿下の婚約者だった頃に特別に教えてもらっていたものだ。

強固な魔法が掛けられてあり、本来ならば目印と呪文を知っている王族の血縁でなければ入ることができないのだと。

しかし宝石眼を持ち魔法が効かないという体質のわたしにとっては魔法で作られた壁など空気も同然。そこにあることさえわかっていれば難なく通ることができる。

わたしは周りに気をつけてその隙間に近づくと、誰も見ていないのを確認してから奥へとするりと入り込んだ。

この行き止まりの向こう側に現れたのは、人が四人も入ればいっぱいだと思うほど小さな部屋に品の良い調度品で囲まれた落ち着く空間。

「あら、ここはいい感じね。たまに変な部屋もあったけれど」

イリニエーレだった頃、どうしても我慢ができずに一人になりたいと思ったとき、こうして隠し部屋の中に入り込んだものだ。

場所によってはゴテゴテとした装飾が置かれていたり、逆に何もないがらんどうだったりと様々だったが、どんな場所でもイリニエーレにとっては憩いの場所だった。

魔法が効かなくて得をしたのはこれだけだったと思う。

本来ならばこれは王族と呼ばれる人たちだけが知り得る秘密であった。

たとえ婚約者であってもイリニエーレは知ることができないものだったのだが……。

「そもそも、間違えて入り込んだときに慌てないよう、国王陛下から教えていただいたのよね」

一人呟きながら瓶を開け、ようやく喉を潤すことができた。すると自分でも意識しないうちに「ふぅうー……」と大きな溜息が漏れる。

「本当に疲れた。ああ、目が痛い……」

思いのほか疲れているようで珍しく目が痛む。普通ならばこんなことめったにないことなのに、と考えながら目頭をギュッと押した。そうして静かに落ち着くのを待っていると、どこからか、誰かの話し声が聞こえてきた。随分と興奮していて語尾が荒々しい。

どこから聞こえるのだろうか？　声の方向に体を向けて耳を澄ます。

どうやら入ってきた側とは反対側の壁からのようだ。ここは隠し部屋だから、きっと隣接した部屋や廊下からだろう。

特に聞く気もないし……もう少しだけ休みたかったけれどさっさとここを出よう。

ソファーから立ち上がった瞬間、その怒鳴り声でそこにいるのが誰なのか気づいてしまった。

「もう我慢できん！　早くしなければ取り返しがつかなくなるではないか！」

……アーノルド殿下？

「どうして陛下は俺の即位を邪魔するんだっ⁉」

邪魔って……。まさか、国王陛下が？　そんなことはありえない。

たしかにこのレーミッシュ王国では引退した王は陰王と呼ばれ、各都市の結界石に魔法結界をかけ直していかなければならない。だからそのぶん王の即位が早く行われる。

それでもそれは、あくまでも慣例ということであって、必ずしもそうなるとは限らない。

つまり、現国王であるガルドヴフ陛下が退位してアーノルド殿下に譲位しないということは、彼にその素質がまだ認められないと考えているに他ならないのだ。

『あやつには、自分の足らないものが何一つわかってはおらぬ』

昔、まだアーノルド殿下にそこまで嫌悪されていなかった頃、国王陛下がイリニエーレに向かいそうこぼしたことがあった。

『陛下のおっしゃっているのは何なのでしょうか？　アーノルド殿下はとてもよく学ばれてい

らっしゃいますが？』

『たしかにな、イリニエーレ。……しかしこればかりは口で言っただけではどうにもならんものなのだ。あやつ自身で考え、辿り着かねばならないものだから』

そのときはどうして国王陛下が殿下のことをそんなふうに言うのかわかってはいなかったが、成長するにしたがい徐々に理解できるものがある。

アーノルド殿下はその素質も、血筋も地位も立場も全てのものを持ち合わせていたけれど、国王というものの重責が何であるのかだけがわかっていなかったのだ。

耳に心地良い言葉だけを聞きたがり、耳の痛い言葉を拒絶する。そう、今のように――。

「アーノルド殿下のおっしゃるとおりです。さすがに今年の初議会では譲位のお話が出るとは思ったのですが……随分と頑なに拒否されたのには驚きです」

マクシム様がアーノルド殿下の言葉を後押しする。以前から彼は殿下が何を言ってもイエスしか言わない人だった。

「そうだろう？　それなのに……お祖父様が――陰王が倒れたというのにもかかわらず、まだあんなことをっ！」

陰王が倒れられた⁉　もしかして今日の緊急議会はそのことだったの？

そうでなくとも今、近隣都市の結界石が壊されているという事件で、ギルフォードたち魔法騎士団が陛下の命により処理に出掛けている最中だ。

そのなかで、魔法結界をかけ直す役目の陰王が倒れてしまうとは……。

「俺が王位につけば全て解決だというのに、どうして陛下はご自分で陰王の役目まで担おうとする!? なぜだ!? なぜ、宰相たちはそれに異を唱えない？」

「国王陛下はいったい何をお考えなのでしょうか」

はぁ、と壁越しでも聞こえるほどの大きな溜息をつくマクシム様。それが気に障ったのか、アーノルド殿下はさらにヒートアップした。

「あいつだ……！　あいつが邪魔をしているんだ、違いない。あいつが父上に……俺の玉座を願ったから……。あいつの……」

ガツッと、何かを蹴り飛ばすような音がした。続けてガンガンと足蹴にされる音が、殿下の雄叫びと重なり呪詛となってわたしの耳に飛び込んだ。

「あの……ギルフォードが、俺の玉座をかすめ取ろうとしているんだ！」

まさか、そんな！　ギルフォードが!?

思わず叫びそうになるところを慌てて口を押さえとどめた。

ギルフォードがそんなことを陛下にお願いするわけがない。わたしたちが彼に尋ねたときも彼は本気で王位など欲しがってはいなかった。

そう言ってやりたい気持ちを抑えていると、今度はグシャッと何かが潰れるような大きな音が聞こえた。そして、ハァハァという荒い呼吸。

「ふんっ。まあいい。どちらにしても、もう俺の計画は進んでいるのだからな。マクシム、例の結界石の件は順調だろうな？」

「はい、アーノルド殿下。王都周辺の結界石は全て破壊したと、昨日連絡が入りました。魔法騎士団が修復にあたっているようですが、隙を見て再度破壊を試みるよう伝えてあります。そうなれば手が足らなくなり、王国騎士団のほうにも出動の協力要請が入るでしょう」

「よし。あいつらが障壁になる前にできるだけ遠ざけておけ。可能なら範囲を広げられるといいのだが」

「そうですね、あまり小さな都市ですと、どうしても秘密裏に行うことが難しくなるかと……なにぶん、王位簒奪という大事の前ですので」

……王位簒奪！　彼らはいったい何を言っているの？

結界石を破壊し、多くの国民を魔物の危険に晒すだけでなく、王位を狙おうなど……。

「チッ。ならば仕方がない。ギルフォードのいるところだけは刺客を倍にしろ。そうして魔法騎士団と王国騎士団の主力がいない間に、俺のギフト〝剣技〟で俺が王位につくことを邪魔するヤツらを叩き切る。いいな、マクシム」

ああ、そうだ。ついでに、ギルフォードのヤツも切ってしまうか――。

下卑た笑いのついでに呼ばれた彼の名前に酷く動揺してしまった。魔法騎士団長のギルフォードが簡単に切られるわけがあるはずないのに、動悸が止まらない。

わたしは、気持ちを落ち着けるようにゆっくりと深呼吸する。大丈夫、ギルフォードは絶対に大丈夫。そう彼の名前を呟くだけで、徐々に頭の中が冴えてくる。

しかしこのまま放っておいては、近いうちにアーノルド殿下が国王陛下から王位を奪い取ることになってしまう。それはクーデターと同じことだ。

……ギルフォードに伝えないと。

イリニエーレならともかく、今の男爵家の娘という立場ではアーノルド殿下の計画を訴えても信憑性に劣る。どこで聞いたのかと問われても正直に話すことはできない。

それでもギルフォードならばきっとわたしのことを信じてくれる。なんの根拠もないけれどそう感じていた。

隠し部屋を出るためにゆっくりと振り返る。しかし今のとんでもない話を聞いていて、少なからず動揺していたのだろうか。狭い部屋の中、宮殿でのお茶会のため着ていた普段よりもふっくらとしたスカートに気を取られて、小さなテーブルの脚を蹴飛ばしてしまった。

ガタッと大きな音を立てたテーブルが倒れそうになるのを慌てて手で押さえる。

……どうしよう、聞こえたかしら？

あれほどうるさかったアーノルド殿下の笑い声が一瞬止まったのに気がつき、わたしは急いで入ってきた側の壁へと向かう。

どこの部屋で話していたかは知らないが、入ってきた隙間の辺りには部屋はなかったからぐるりと回らなければここまではやってこられないはずだ。その前にここから早く離れなければと、手を伸ばした。

しかし、あと一歩で隠し部屋から出られるというところで、体がグイッと引っ張られてしまった。足の付け根がテーブルの縁に打ちつけられてズキッとした痛みが走る。

「いやっ！」

そのまま隠し部屋の調度品をガタガタッと乱暴にどけながら引きずられ、わたしは隠し部屋の壁をすり抜けて見たことのない部屋へと連れ込まれた。

「痛っ……た……え？」

手荒く床に投げ出され座り込んでしまったわたしの目に映るその部屋は、最上級のベルベットで織られたカーテンがかかり、細かい金細工の置物にゆったりとした豪華なソファーなどのとても煌(きら)びやかな調度品で埋め尽くされ、床にも極厚な毛の絨毯(じゅうたん)が敷かれていた。

見るからに王族の部屋だとわかってしまうほどだ。

ここは、もしかしなくてもアーノルド殿下の部屋、なの？

宮殿東側の区画で、これほどの調度品を揃(そろ)えられるのは彼しかいない。

王太子の部屋だからこそあの隠し部屋が両側から出入りできるようになっていて、おそらくあの部屋は隠し廊下の役割もしていたのだ。

「おい、お前……誰の手引きであの隠し部屋に入っていた？」

アーノルド殿下の手がわたしのドレスの首元を掴み、無理やり立たせるとそのまま容赦なく絞めつける。彼は怒りに支配されていてこちらの様子など全く目に入ってない。

「う……あっ、ぐ……」

「あの場所は、王族か俺が許可した者しか入れない特別な場所だぞ！　それを……」

あまりにも強い力で絞めつけられ、わたしはハクハクと口を開けるのがやっとで、声も出すことができない。

「くる……し……」

「アーノルド殿下、それでは何か口にしたくてもできません。もう少し緩めていただかないと」

マクシム様の淡々とした声で我に返ったアーノルド殿下は、フンッと鼻を鳴らすと急に手を離した。ずるりと崩れ落ちるようにして、わたしは再び床に倒れ込んだ。

突然息ができるようになったせいで、ゲホゲホと咳き込み、逆に肺が苦しくなる。

絨毯の毛を握りしめながら咳き込むわたしを見下ろしていた殿下が、髪をグイッと引っ張り顔を無理やり上げさせた。

「あ、の……おやめください……」

「ん？　こいつ、どこかで……」

ギルフォードとよく似た緑色の瞳で訝しげに見つめると、ふいに思い出し叫んだ。

「あ！　お前は劇場でギルフォードの隣にいた例の女ではないか！」

「……たしかに。先ほどのお茶会でも見かけましたね。探りを入れていただいた妃殿下からは、ギルフォード殿下の思い人だという噂は信憑性に欠けるとの報告をいただきましたが……どうやらそうではなさそうですよ、アーノルド殿下」

マクシム様の落ち着いた低い声が静かな部屋の中に落ちる。その言葉を聞いたアーノルド殿下の顔が真っ赤に膨れ上がる。

「あいつ……やっぱり俺の動向を探っていたんだな。こんな姑息な手を……。クソッ！」

「いいえ、あの……わたしは、そんなわけでは……きゃあっ！」

鼻に皺を寄せ苦々しく睨みつけると、そのまま床に叩きつけるように掴んでいた髪を放した。嫌われていたイリニエーレでさえここまで敵意を露わにされたことはない。

「畜生っ、いつバレた？　……いつだ？　あいつはどこまで知っている？」

親指の爪をガリガリと齧りながら、ブツブツとギルフォードへの疑念を口にするアーノルド殿下。わたしは彼の粗暴な振る舞いよりも、その姿に背筋がゾッとするほどの恐怖を感じた。

「アーノルド殿下、どちらにしてもこの方をこのままにしてはおけません。まずは拘束をしておきましょう。〝ドミナード〟」

魔法騎士団のパーティー会場でも見たことのある光の縄が、しゅるりと浮き出て周りにまとわりつく。しかしその瞬間、光がパッと弾けるように霧散してしまった。

その光をまともに見てしまったせいか、妙に目がチカチカする。

「ん……？」

「なんだ、どうした？　ご自慢の魔法が失敗したか？」

王族にしては魔力が少ないことがコンプレックスのアーノルド殿下は、こんなときでも魔法の失敗を喜んではやし立てる。そんな彼がご自慢の、と嫌みを言うほどにマクシム様の魔力は多いのだろう。

けれども、これは決して彼の失敗なんかじゃなくて……。

「いいえ、理由はわかりませんが、なぜか魔法が……あ……」

いつも表情がほとんど変わらないマクシム様の瞳が大きく見開いた。そうして一瞬まるで時が止まってしまったかのように固まったかと思うと、口角がゆっくりと上がり言葉にならない声で「　　　　」と呟いた。

え……何？　何て言ったの？

マクシム様の黒い手袋を着けた指が、アーノルド殿下に引っ張られて乱れたわたしの髪に触れる。それだけでなぜかブルブルと体が震え出し、凍りついてしまったかのように身動きがとれなくなってしまった。

「――アーノルド殿下、この方は、当代の〝宝石眼の乙女〟です」

マクシム様はそんなわたしから目を離すことなく振り返りもせずそう告げた。

「……なんだとっ⁉　ほ、本当か？」

アーノルド殿下は勢いよくマクシム様の肩に手を掛けわたしの顔を覗（のぞ）き込んだ。

嘘っ⁉　なんで、バレたの？　目薬だって、まだ切れる時間になっていないのに……。

慌てて自分の瞳を隠そうと手を顔に当てようとしたところ、その手をマクシム様に掴まえた。

「痛っ……」

「ええ、見てください。たしかに宝石眼の特徴が瞳に出ています。先ほどのお茶会では見受けられなかったので理由はわかりませんが、目薬か何かでごまかしていたのではないでしょうか？　失礼」

それだけ言うと、マクシム様は反対の手でわたしの持っていたバッグの中身を全てひっくり返す。そうして目薬と香水瓶の二つを拾い上げた。「これかな？」とだけ言うと、そのまま胸ポケットへと入れてしまった。

その間、アーノルド殿下はわたしの顎に手を置き、瞳を検分するように覗き込む。

「ああ、本物だ。たしかに宝石眼のようだ。だから魔法が効かず、俺の隠し部屋に入れたのか？」

「そのようですね。おそらくは、ギルフォード殿下の差し金かと」

「ギルフォード……やはりあいつか！」

その言葉に、アーノルド殿下の顔が一気に沸騰したように赤く染まる。憤怒（ふんぬ）の表情だ。

「あいつが、宝石眼のこいつを利用して、俺の王位を奪いにきたんだな！　やっぱりな」

「ち、違います……。あの、わたしはただ、あの場所へ迷い込んだだけで、ギルフォード様とは何も関係がありません。本当です、どうぞ……」

この際、どうして目薬の効果が切れてしまったのかなんてどうでもいい。魔法が全く効かなかったことで、完全に宝石眼であることがバレてしまったのは覆しようのない事実だ。

でも、わたしのせいでギルフォードがいわれのない言いがかりをつけられるのは避けたかった。アーノルド殿下がどれだけギルフォードを牽制（けんせい）しようとも、彼は王位など全く必要とはしていない。

――だから、彼だけは傷つけないで！

わたしはさっき耳にしたアーノルド殿下たちの王位簒奪計画など忘れ、ただそれだけを考えていた。

「あのですね、あなたが本当にギルフォード殿下と関係があろうが、なかろうが、もうそんなことはどうでもよろしいのですよ」

「……それは、どういうことなのでしょうか？」

「ギルフォード殿下が、王太子であるアーノルド殿下を差し置いて、〝宝石眼の乙女〟を勝手に手中に入れようとした。それだけで、王太子の地位を狙っていた、そういうことになるのです。ねえ、アーノルド殿下」

「ああ、そうだ」

ニヤニヤと笑いながらマクシム様の言葉に頷(うなず)いている。

そんなバカな話があるものか。ギルフォードはわたしが宝石眼の乙女であることなんか知らないし、無理やり手に入れようとしたこともない。ただ、わたしの意思を尊重しながら、ずっとわたしの側にいてくれた。本当に、ただそれだけなのに……。

「〝宝石眼の乙女〟は、正妃になるべき女性だ」

……は？

「国王の隣に寄り添い、国家のため、王国民の恵みのために生きる存在だ。それを私利私欲のために利用しようなど、王族にはふさわしくないといえるだろうな」

先ほどまで私利私欲にまみれた理由で王位簒奪を話していたその口で何を言うのだろうか。

ふさわしくないですって？　それこそこちらの言いたいことだ。

「ふざけないで」

「ああ？　何か言ったか？」

わたしは痛む足の付け根に力を込めて立ち上がった。

「ふざけないでください、と言ったのです。正妃になるべき女性ですって？　笑わせるわ。だったらどうして殿下はあれほどまでに婚約者であった宝石眼の乙女を放っておいたというのですか？」

「な、何を？　おい、お前……」

「自分の思いどおりにいかないからと、蔑み、無視し、まるで身代わり人形のように痛めつけた宝石眼の乙女が、最後はゴミのように殺されてしまったというのに、正妃ですって？　バカらしい……」

この怒りがイリニエーレのものなのかわたしのものなのかはわからない。それでも自分自身の中から湧き上がったもので、ずっとこの人たちに言ってやりたかった言葉だ。

「あなたの横に並ぶのなんて、頷くだけの人形で十分よ！　わたしは、決してあなたなんかの横には並ばない！」

わたしが横に並びたいのは――。

そこまで口にする前に、ハッと気がついた。赤を通り越して赤黒く染まっていくアーノルド殿下の顔が大きく歪む。

「な、な……お前、この俺に、次期王に向かってなんて……」

言わなくてもいいことまで言いすぎた……！

どうにかしてここから逃げ出し、ギルフォードのところへ彼らの計画を伝えに行かないとならないのに、余計な怒りを買ってどうするの？

前世からの言いたいことも言えて、少しだけすっきりした。しかし、それは今すべきことではなかった。

「いえ、あの……その」

後ろにじりじりと下がり、逃げ出すタイミングをうかがう。打った脚の付け根がビリッと痛むのを我慢して部屋の扉へ向かい足を踏み出した。

そんなわたしの動きは、〝剣技〟のギフトを持つアーノルド殿下にとっては子どものお遊戯のようだったに違いない。あっさりと腕を掴まれ背中に回されると身動きができなくなる。

「うっ……痛……」

「いい加減にしろよ。お前のこんな細い腕なんて、軽く捻（ひね）っただけでも折れるんだからな」

腕をさらに持ち上げられると、声が出ないほどの衝撃が走る。それでもこの二人には屈したくないと、首を傾けて睨みつけた。

「アーノルド殿下、その辺りでおやめください。宝石眼の乙女には、これからの計画に大変役立ってもらう予定ですので、ケガなどさせないようにお願いします」

「はあ？　こいつはギルフォードの手先かもしれないんだぞ」

「それでも、王国民の支持は受けられます」

「……なんだと？」

「宝石眼の乙女が正妃となれば、殿下の即位に面と向かって反対できるような貴族は出てこられないでしょう。その正当性が主張できます」

「とはいえ、こんなちんけな女では俺はその気にならんぞ」

下卑た笑いと共に吐き出されるその言い草に、バッと体中に鳥肌が立った。

誰があなたの正妃になんてなるものですか！　こっちこそ願い下げよ。

膝をすりあわせずりりっと後ろに下がる。そうしている間に、マクシム様は黒い手袋を片方だけ外すとアーノルド殿下の肩に手を置いた。そしてゆっくりとたしなめるように言った。

「——一度目は失敗なされたでしょう？」

マクシム様のその言葉に「あ、激怒する」と身構えたのだがそうとはならず、一瞬ぼうっとした表情を見せたかと思うと、怒りとはまた違う、何か羞恥心を感じているように顔を赤くするアーノルド殿下。

一度目とはおそらくイリニエーレが毒殺されたことだと思うのだけれど……。

アーノルド殿下らしくない態度に首を捻る。なんだろうかこの違和感は。

不思議に思っている間に、気分は乗らないがマクシム様の言葉にも一理あると思ったのだろう。アーノルド殿下は軽く咳払いをすると、腕から手を離した。

「ならば、こいつを誰にも見つからないように捕まえておけ。いいな、計画の成就まで絶対に逃がすんじゃないぞ」

そう一方的に指示を出し「俺は、しばらくの間は宮殿には戻らんからな！」と言い捨て、こちらを一瞥すると部屋を出て行ってしまった。

残されたマクシム様は側まで近づくと、「ふむ」と値踏みするような顔で頷く。そうして手袋を付け直すと、今までに見たことがないような笑顔でわたしに向かって尋ねた。

「――さて、ではどのようにして歓待いたしましょうか、〝宝石眼の乙女〟殿？」

第五章　永久の庭園

あれからわたしはバッグごと目薬も奪い取られ、そのまま宮殿二階東側の一番奥の部屋に閉じ込められてしまった。

そこはどうやら余分な調度品を置いておく物置になっている場所のようで、かなり埃っぽく、窓は高い所の一部以外ほぼ打ちつけられていてろくに外も見られなくなっていた。

それでも幸いにして大抵のものは揃っているため少しの時間を過ごすぶんには問題なかった。

とはいえいつまでもここに監禁されているわけにもいかない。なんとかならないかと出口になりそうなところを探したのだが、唯一の出入り口である扉には外側から鍵が掛かっているようで、押しても引いてみても、ウンともスンとも言ってくれなかった。

閉じ込められ数時間が経っただろうか、午後の陽ざしがゆっくりと傾き始めると、焦りが先に立ち少しの物音でも落ち着かなくなってくる。

いったいコートン家にはわたしのことをなんと言って伝えたのだろうか？

どう伝えようとも、あの妹バカなお兄様が、わたしが家へと帰ってこない理由に納得するわけがない。

もしかして、すでに宮殿までは来ている？　もしそうだとしたら、お兄様に対してどんな対応をするのだろうか？

今日のアーノルド殿下がわたしに向かってしてきたいくつもの乱暴な振る舞いを思い出し、ゾッと背筋が寒くなった。両腕をさすり、お兄様に何ごともないことを祈っていると、ノックの音と共に、食事のワゴンを運んできたマクシム様と目が合った。

「大したものはありませんが、夕食を用意いたしましたので、どうぞご賞味ください」

ワゴンの上にはパンとスープ、そして水差しが載っていた。およそ貴族の娘に饗される夕食とは思えないものだ。こんなものでもあるだけマシなのだろうけれど……。

「夕食よりも、屋敷へ帰らせていただけると嬉しいですわ。兄が迎えに来ましたでしょう？」

「それは我慢していただかないと。ああ、それからコートン家から迎えは来ておりませんよ」

「そんなはずはありません。宮殿からの正式な招待があって、わたしはお茶会に参加させていただいたのですから」

宮殿からの招待を受けた令嬢が自分の屋敷に帰ってこないなどという状況で、家人から迎えが出ないはずがない。しかもあのお兄様が黙っているなど絶対にない。

「どうやらコートン男爵家では、宮殿からの帰りにご令嬢が突如馬車から行方不明になったそうで、その対応に追われているようですので」

「マクシム様！　なんてことを……」

わたしが行方不明になったことにしているなんて。どこまで卑劣なのだろうか。ブルブルと震えながらギッと睨みつけたが、彼には全く効いてはいない。

それどころかワゴンの食事を並べながら何食わぬ顔で、「ロザリア妃殿下とベルトラダ妃殿下の居住区は三階にありますのでご安心ください。こちらへ足を運ぶことはございません」と、聞いてもないのに教えてくれた。

では、大声で叫んでみたら聞こえるんじゃないかしら？

彼女たちならばここに知らない誰かがいるとわかれば、きっと無視はできないだろう。二人の性格上、自分のテリトリーにある異物の存在を許すほど寛容だとは思えない。

しかしそう考えていたらあっさりと否定された。

「東の居住区にはこの部屋以外の全てに防音の魔法を掛けてあります。宝石眼の乙女には魔法は効かないでしょうからね。おそらくですが、ご自分に向けられるもの以外は直接触れなければ効果を相殺はできないのでしょう？　先代の乙女もそうでしたし」

図星を言い当てられてドキッとした。宝石眼にだって制限はある。というか、自分自身では制限だらけにしか思えない。

しかし、よくマクシム様はイリニエーレのことを覚えていたものね。

「無駄なことはおやめください。あなたにしても、ご自身が宝石眼の乙女であることがバレてしまうのは本意ではないのでしょう？」

「……アーノルド殿下は、どうなされています？」

どうも、このマクシム様という人はつかみどころがなさすぎて、わたしはいいようにあしらわれている気がする。

直情的な分、アーノルド殿下のほうが逃げ出すタイミングが取れるかも？

「おや、気になりますか？　殿下は宮殿の外でたくさんの女性たちと英気を養っておられますよ。そうですねえ、計画が開始されるまで時間もあまりございませんから、あと五日ほどしたらお帰りになられるでしょう」

その話を聞いて、ゾゾゾッと虫が這い上がってくるような不快感を覚えた。やっぱりダメだ、生理的にアーノルド殿下のことは受け付けない。できることならもう顔も見たくない。

「とにかくあなたは心安らかにして、王位が移るところを待っていてくだされればいいのです。それでは、失礼します」

腹が立つほどの慇懃無礼な態度でマクシム様が扉を開けて行ってしまった。その隙間からは屈強な騎士が護衛のために立っているのが見える。これでは正攻法で出て行くことは相当難しいだろう。

それでも、なんとかしてこの窮状と、そして彼らの計画を伝えなければならない。

アーノルド殿下たちの話が本当なら、今ごろさらに結界石が襲われ壊されていることだろう。

ギルフォード……どうか、無事でいますように。

そして、会いたい。そう思いながら独り、小さな窓部分から暮れていく空を見つめていた。

そうして丸三日。なすすべもなくこの部屋に監禁されている間に、それだけの時間が経ってしまった。

「……もう限界だわ。なんとかしないと」

どうにかして出られないかと部屋中を漁ってても、棚の扉を開けたり、壁を削ったりしてみても、とにかく何かしら行動ができるようなものは何一つ見つからなかった。

あるものといえば、意味もなく押し込められたたくさんの置物であったり、ソファーやテーブルだったり、そして山積みにされたカーテン等々。

窓が開けられたなら、そのカーテンを縛って繋げてでも逃げ出してやったのに、こうもキッチリと打ちつけてあると、正直わたしの腕では道具があっても難しいだろう。

そうするとやはり、あの扉から出るしかない。

監禁されてすぐ、部屋の中にあった古い姿見で確認したら、目薬の効果が切れ、宝石眼が露わになったわたしの姿が映っていた。

時間だけならばもう少し猶予があったはずなのに、どうして効果が切れてしまったのだろうか？　その点はまた後ほど考えて研究しなければならない。ただ、目下の問題はその微妙な効きの目薬さえ手元にないということだった。

もしも扉の前に立っている護衛という名の監視が話を聞いてくれても、わたしが宝石眼ということがバレてしまえば、真っ先に報告が上がるだろう。

それが国王陛下ならまだいいが、アーノルド殿下やマクシム様だとしたら？

宮殿東側の護衛ということは、彼らの手駒である可能性のほうが当然ながら高い。

「ああー、もうどうしよう？　アルマお兄様も、宮殿へ来ている様子もないし！」

きっとわたしが行方不明になったという場所を起点に捜しているのだろう。気持ちは十分にありがたいと思っているけれど、妹バカの才能をもっと発揮してちょうだい！

そう思わずにはいられないほどに、わたしは精神的に疲れていた。

だいたい、着の身着のままというのも今までの生活ではありえないことだったので、あれやこれや気になって仕方がない。普段着よりも派手で大仰なお茶会用のドレスをずっと着ていたため、固めのペチコートもぺちゃんこになっている。

「楽にはなったけど、これはもう型崩れしてダメね……あら、なにかしら、これは？」

ペチコートのホック部分をドレスの上からなぞると、なんだか不自然な硬さのものが当たる。

少し恥ずかしいが、誰も見ていないのだからとドレスのスカートを持ち上げて中からそれを探してみると、小さな筒状のものが糸で縫い付けられてあったのを見つけた。

古い鏡台の中にあったハサミでそれを切り取ると、その中身は……。

「目薬？　え、どうしてこんなところに……」

よく見れば〝予備〟と書かれてある。これは、どう考えてもお兄様の仕業だろう。何度も予備を持っていくように言われていたが、こんな形で実力行使に出るとは思ってもみなかった。

「お兄様ったら……もうっ、帰ったら、覚えておいてくださいね」

助かったことはたしかだけれど、妹として締めるところは締めておかないといけない。

わたしはにやける顔を押さえながら、その目薬を使うチャンスをうかがうことにした。

そのチャンスは思いもかけない方向からやってきた。

お昼を過ぎて普通ならばお茶の時間という頃、なんとなく廊下から声が聞こえた気がしたので、扉の前まで近づきそこに耳を当てた。

たとえ魔法でこの部屋以外を防音にしたところで直接廊下に繋がる扉の前で会話されてしまえば無駄だろう。わたしはこっそりと彼らの会話に耳を立てた。

「あの、いけません。ベルトラダ妃殿下……！　こちらには、本当に何もありませんので、どうぞお引き取りを……」

「何を言っているの？　何にもないのなら、あなたがわざわざそこに立つ必要がないじゃない、グラウス。それともあなた、殿下の護衛騎士を解任されたのかしら？」

「そんなことはございません！　俺……いいえ、私は、解任などされてはおりません！」

どうやら普段ほったらかしにされている物置前に護衛騎士が立っていることを不審に思ったアーノルド殿下の第二妃ベルトラダ様が、何が隠されているのか気になってやってきたようだ。

「だったら、アーノルド殿下のご命令なのよね、ここの護衛は」

「はいっ、勿論です！　あっ……」

「ふうん。わたくしたち妃にも言えないようなものを隠しているというわけね……何なの？」

「わ、私には、全く。はい、全然知らされてはおりませんので……」

　そして三日前から主にここを監視しているこのグラウスという護衛騎士は、力はありそうだが頭のほうはあまり回らなさそうに思える。すでにベルトラダ様に言い負かされそうな勢いだ。

　わたしは今がこの監禁部屋から逃げ出せるチャンスだと思い、急いで予備の目薬をさした。スッとした清涼感が目の中に広まる。それから自分自身に気合いを入れた。

　――さあ、反撃の時間よ。ふんばりなさい、ステラ・コートン！

　とにかく中を見せなさいと言うベルトラダ様と護衛騎士が押し問答をしているところに、わたしは今起きたばかりというような声で割って入った。

「グラウス？　いったい何なのよお？　うるさいわねえ。アーノルド様が起きちゃうじゃない」

「……ちょっと、あなた誰なのよ！　殿下がそこにいらっしゃるの!?」

「んんー？　あらやだあ。あなたお妃様あ？　わたしはアーノルド様の新しいお嫁さんよ。古臭いばあさんたちにはもう飽きたっていうからあ、代わりにわたしを妃にしてくれるって言ったんだけどお？」

「はぁあああ!? グラウス、開けなさい！ 早く！ ちょっと……」

よし、上手く引っかかってくれた！ たしか、浮気相手が正妻に向かってこうやって舌っ足らずに煽ると嫌み度がグッと上がって効くのよね。

趣味の観劇を思い出しながら、一生懸命演技をする。

ベルトラダ様たちはもうアーノルド殿下のことをさして好きではないだろう。それでも妃という地位には執着しているから、追い出されるという言葉には敏感なはずだ。

この調子で煽れば、大事になって人が集まってくる。そこで扉を開けてもらえれば……。

ドゴォッ！ バリバリバリリッ！

逃げ出すチャンスがある。そう考えていたら、もの凄い轟音と共に鍵を掛けられて頑丈に閉じられていたはずの扉の真ん中に大きな穴がぽっかりと空いた。

「ええっ、嘘？」

そして、その間から鬼の形相をしたベルトラダ様が真っ赤なドレスをなびかせて現れたのだ。

……ベルトラダ様ってこんなに強烈な攻撃魔法が使えたの!?

「いったい、誰が……って、あんたなのね。ステラ・コートン！ ギルフォード殿下だけでは飽き足らず、アーノルド殿下まで手玉に取るなんて、なんて女よ！ 〝デクォート〟」

いいえ、手玉になんて取っていません！　むしろ、取られているほうです……！

「きゃぁあ！」

バシッ、バシッ、と空気が裂かれる音が響く。そのたびに、置かれている調度品にヒビが入り、木くずが飛び散る。それを無視して部屋の中を逃げ回るわたしをしつこく追い回しながら呪文を唱えるベルトラダ様。

しかし、あまりにもわたしに攻撃が当たらないのを不思議に思ったのか、一瞬呪文を唱えるのをやめて首を捻った。

その瞬間を見逃さず、飾ってあった装飾用ナイフを手に取り思いっきり彼女へと投げつけた。

「ふんっ、どこに向けて投げているのよ」

「あー……あ？」

残念ながらわたしのへっぽこコントロールでは直接ベルトラダ様に当てることはできなかったものの、壁に掛けられていた絵画にナイフがぶつかると、留め金が外れて絵画そのものがベルトラダ様に向けて落ちてきた。

「きゃあっ！　痛い……何を……！」

当たらないからいいものの、あんな攻撃魔法が当たったら痛いのは絶対にわたしのほうです。

絵画が落ちてきたことによって再び巻き上がる木くずと埃にベルトラダ様は大きく咳き込む。

彼女が怯んだ隙に、わたしはチャンスと見て大穴の空いた扉をまたいで廊下へと飛び出した。

防音魔法が効いているせいか、未だに人は集まってきていない。グラウスと呼ばれた護衛騎士が扉の前でひっくり返っているのは、多分ベルトラダ様の魔法にやられてのびてしまったせいだ。

「……だ、大丈夫よね？」

彼の容態も気になるけれど、部屋の中からの「待ちなさいよ！」という怒声に押されるようにわたしはその場から逃げ出した。

急いで東の居住区を抜けようと、真っ直ぐに廊下を走った。

埃のせいか、変に目がチカチカする。目をこすりながら、少しでも早くギルフォードにアーノルド殿下たちの計画を知らせなければと、それだけを考えてまず階段へと向かう。

がしかし、普段ならこんな時間に来るはずのない廊下の向こう側にいたマクシム様と目が合ってしまった。

一瞬目を見開いたマクシム様。しかし何が起こったのかをすぐに把握したのだろう。

彼がダッシュでこちらへ向かってくるのを見て、わたしは慌てて横の通路に滑り込んだ。こういった隙間は隠し通路があることが多い。一から探している時間はないのでとにかく辺りを触りまくる。そうして、自分の手が見えなくなった場所を見つけて急ぎ飛び込んだ。

どうやら隠し部屋のように行き止まった場所ではなく、望みどおりに隠し通路へ入ることができたようだ。これならば急いで移動すれば逃げ切ることができる。

「はぁああー……。ようやく逃げられた。うう……ギルフォード。やったよお……」

先の見えない恐怖から解放された安堵から、腰が抜けたようにぺたりと床に座り込んでしまった。急がなければならないのはわかっている。でも、少しだけは許してほしいと息を吐きだした。

すると、わたしの顔の横からなぜか黒い足がにょきっと飛び出してきた。

「ええっ!?　まさか、アーノルド殿下？」

ズリズリと座ったまま後ろに下がって見ていると、なんと次はマクシム様のものと同じ黒い手袋が隠し通路を塞いでいる壁から現れ空を掴んだ。

……なぜ、マクシム様が!?　この隠し通路や隠し部屋へ入るための呪文は王族しか知らされていないはず……。それにもしアーノルド殿下がそこまで教えてしまったとしても、血縁でなければ入れないのでは？

ズズズズ。ゆっくりと体を入れ込んでくるマクシム様は、どういうわけかわたしや殿下のようにスムーズには入ってはこられないようだ。

それならば今のうちに少しでも距離を取らなくてはならない。どうして彼が隠し通路へ入れるのかという理由はあとにして、とにかく彼から離れることだけに集中し、立ち上がるために足に力を入れた。

それから何度か隠し通路と隠し部屋を通り抜け、宮殿の東側から中央を通り、西側一階の調理場の奥にある半地下へと辿り着いた。

ここはイリニエーレが幼いギルフォードと共にかくれんぼをしていたこともある貯蔵庫だ。

調理場もこの半地下も、扉に魔法は掛かってはいないが、国王陛下の第二王妃であった亡きグロリアナ殿下とギルフォードの居住区だったため、今は人気がなくこうして隠れて様子をうかがうのには適していた。幸いにも外はすでに太陽も沈みかけている。本来ならばいないはずの人間を内密に捜し回るには、目立ちすぎてしまう時間になってくる。

それにまさか、一介の男爵令嬢であるステラ・コートンが、宮殿のこんなところにまで逃げているとはマクシム様も夢にも思わないだろう。

ただ不本意なことに、見つかりにくいということは、逆に言えば外への繋ぎも取りにくいということでもある。

いつまでもここで隠れているわけにもいかないと考えるだけで大きな溜息が出てしまう。

とにかくここから、なんとかして連絡を……。

「誰かが宮殿に捜しにくれば……でも誰が？　お兄様には無理でもチェスター様には？」

触れてしまえば魔法効果が消えてしまうわたしには、魔法通信紙のような連絡手段は使えない。それにそもそもここは貯蔵庫だから、置いてあるものは積み上げられた木箱や瓶くらいのものだ。それもいつのものかもわからないほど古い。

木箱の上に積もった埃を、指でなぞる。指に溜まったその厚みが、ここの主がいなくなってしまってからの時の流れを嫌でも感じさせた。

「随分と放置されてしまっていたのね……」

グロリアナ妃殿下が存命だった頃は、それほど多くの人を使っていたわけではないが、働き者の使用人たちが皆くるくると動き回っていた。ここだって遊びで使っているのが使用人たちにはバレバレだったので、かくれんぼといっても本当に隠れたかったのかはわからない。

それでも、ギルフォードはここでお喋りするのが好きだったから、イリニエーレもよく彼に付き合ったことを思い出す。

特に、山積みされた木箱を登って地面に接した小窓から外を見ていると、時々とても嬉しそうに笑う姿が見られることがあった。そんなときはいつもよりもいっそう可愛らしく、温かな気分になったものだ。

「それにしても、ギルフォード様はあの頃何を見ていたのかしら？」

イリニエーレが何を見ているのかと尋ねると、頬を赤らめて何でもないと言うので無理を押してまでは聞かなかった。でも、実は凄く気になっていた。

ここまで逃げ切れたことで少しホッとしたのか、なんだか彼が見ていたものが妙に気になってきた。とりあえず考えることは後回しにして膝丈ほどの高さの木箱が積まれた山を登り始める。運動もしたことがなかったイリニエーレなら無理でも、護身術の稽古もしているわたしならなんとかなるだろう。

ゆっくりと落ちないように上まで登った。昔はギルフォードが小窓にも小さな箱を置いて、中からも外からも見えないように隠していたけれど、今はもうそれも見当たらなくなっている。

慎重に窓枠へ手を置いて覗き込むと、驚くような景色に目を疑った。

夕映えに照らされてきらきらと輝く美しい芝生や綺麗に刈り揃えられた生け垣。

「……これはいったい？」

目を見張るほどの衝撃に、体がぐらりと揺れた。落ちないように必死に窓枠に掴まる。

何度見直してみても、変わらない景色にぼうっとみとれてしまう。大きなユーカリの木も、その下にある白いベンチもどこかで見たような気がして、グッと目をこらして見つめた。

すると……。

「あ、ここは、まさか……本当に？」

急いで半地下の貯蔵庫から出ると、調理場の裏戸から飛び出した。さらにぐるりと回るとちょうど半地下の窓があるはずの場所へ出る。

そこには蔦の絡まった塀がずっと先まで続いているだけだった。でも――。

「ここで間違いないわ」

わたしは自信を持ってその塀に手を差し伸べる。するりと体が吸い込まれると、先ほど半地下から見えた景色が目の前に広がっていた。

そうだ。ここは、国王陛下がグロリアナ第二王妃殿下のために作られた庭園だった。

ギルフォード親子と専属の庭師以外は、宝石眼の乙女しか入ることのできないこの庭園では、妃殿下の生まれ育ったアスベラル国の国木が植えられ、色とりどりの草花に囲まれていた。

この美しい庭でお二人が歩く姿を見ていると、とても幸せな気分になったものだ。それほどに陛下は妃殿下のことを想っていたし、ギルフォードのことも愛していたのがわかった。

そうか、ギルフォードはあの小さな窓から、お母様であるグロリアナ妃殿下とガルドヴフ国王陛下を見ていたのね……。

小さなギルフォードが、一緒にいられる短い時間の中で、二人だけの時間を作ってあげていたのかと思うと胸が締めつけられる。

そうしたささやかな幸せも、グロリアナ妃殿下が亡くなってからは二度と戻らないものとなってしまった。妃殿下を思い出させるこの庭園に、国王陛下が訪れることはなくなり、ただギルフォードだけが残されてしまった。

お母様を亡くしたギルフォードが一人で泣いていたのもこの場所だし、イリニエーレがその彼を抱きしめて慰めたのもここだった。大きな涙の粒がイリニエーレの袖口に染みこんでいった感触をいまでも覚えている。

そう、イリニエーレが死にゆくあのときも同じだった……。

あれから十六年。イリニエーレが亡くなってから、ギルフォードは悲しいときにはいったいどうやって泣いていたのだろうか？

懐かしさと申し訳なさで胸がいっぱいになりながらぐるりと見回していると、ふとあの頃と全く変わっていないことに気がつく。

「……魔法が掛けられているのかな？　全然変わっていないみたい……」

唯一の相続人であるギルフォードがほとんど王都に来ることがなくなったというからには、あのまま庭師がずっと入っていたとは思えない。だとしたらあまりわたしが触ったり、動き回ったりしないほうがいいだろう。

わたしは庭園の一番端に腰を下ろして懐かしむように静かに眺める。夕方のオレンジ色が夜の紺色と混ざり合いだすと、いつしか柔らかな灯（あか）りが庭園をほのかに照らし出す。そうして懐かしい風景を鮮やかに蘇（よみがえ）らせた。

ギルフォードと手を繋いで歩いたときの芝の香り。国王陛下とグロリアナ妃殿下が微笑（ほほえ）み合っていた花の道。全て美しく大切な記憶。

しばらくそうして庭園を眺めていたが、時間が経てば経つほど思い出の彼らの中に今のわたしはいないのだと思わされるだけだった。

どれほど大切なものでも、もう過去のものだ。あの頃のイリニエーレはもうどこにもいない。いつまでも思い出に浸っていてはいけないのだと。

それに、今はそれよりもやるべきことがある……！

「やっぱり、行かなくちゃ。早くアーノルド殿下たちのことを伝えないと……」

こうして逃げ隠れているだけではどうにもならない。なんとか外と連絡を取れる方法はないかと考える。すると、後ろの方からザッと小石を踏む音が聞こえた。

「……誰か、いる？」

自分以外の気配を感じて、息を潜め植木の陰へと移動する。

「まさか……追っ手が？」

どうしてここが、そしてどうやってここにまで入ってこられたのかわからないけれど、そんなことまで考えている時間もなかった。隠れていた植木に黒い影がかかるのを見て、慌てて立ち上がると、急いで踵を踏んだ。

とにかく逃げなければと、疲れで震える足を必死に動かしたが、その影のスピードには全然敵わなかった。

速い！　そう感じたときには腕を取られグイッと引っ張られていた。芝生を踏み込むはずの足が宙に浮く。わたしは、もうダメ……と、目をギュッと閉じて下を向いた。

このまま、またアーノルド殿下たちに閉じ込められてしまうのだろうか。あんな、自分たちの欲だけで陛下や国民、そしてギルフォードを犠牲にしようとする人たちに？

悔しい。悔しい、悔しい……！

駄々をこねるみたいに、掴まれた腕を振りほどこうと動かす。その瞬間、覚えのある爽やかな香りがふわりと漂い鼻腔をくすぐった。

この香り……まさか!?

顔を上げると、美しい新緑の瞳と真っ先に目が合った。

「ギルフォード様……?」

「ごめんなさい、待たせてしまいましたね」

そう言って、宝物みたいに大事に、そっと抱きしめられたとき、思わず言葉にならない声が漏れる。滲む涙がこぼれ落ちていかないようにグッと力を込めて目を瞑った。

「ステラ、大丈夫ですか？　ケガはありませんか?」

優しく耳元でわたしの名前を呼ぶ声が聞こえる。大きく深呼吸して、青々としたグリーングラスと柑橘系の爽やかなギルフォードの香りを吸い込んだ。

ああ、間違いなく彼の声と匂いだ。

いつだってわたしの気持ちを尊重して、嫌だと思うことは絶対にしない。今だって、ほら。

彼の温かい体温がわたしを包み込んで落ち着かせてくれる。

「ええ。ええ、大丈夫です。ギルフォード様が絶対に助けにきてくれると思っていました……」

「よかった。ステラが無事で……本当に」

小さく震えるその声が、耳へと染みこんでいく。そうしてギルフォードが愛した庭園の中で、

わたしたちは強く抱きしめ合った。

ギルフォードと再会できた喜びに、勢いのまま抱きしめ合ってしまったけれど、少しずつ時間が経つにつれ冷静になってくると恥ずかしさが上回ってくる。

「……ギルフォード、様？　あの……離して、いただけますか？」

抱きつかれた体勢で、背中をトントンと叩くと「うん？」と、一言口にしながらなかなか離してくれようとしない。

「あの、大事なお話が……どうしても急ぎ、お話ししなければならないことがあります」

しつこく叩きながら伝えると、ようやくしぶしぶといった動きで離れてくれた。

「いったいどうしたというのでしょうか？　ステラが宮殿でのお茶会から帰宅途中に突然姿を消したことと何か関係が？」

「はい。実は、アーノルド殿下たちの秘密を聞いてしまい、物置部屋へ閉じ込められて……」

と、そこまで言ったところでギルフォードの眉間に皺がグッと寄り、今まで見たことがないほど厳しく凶悪な顔つきに変わる。それと同時にビキビキッと音がして周りの空気が凍ってしまったかのような冷気が漂う。

「ええと、ギルフォード様。その、続けても？」

「そうですね。どうしてこんな状況になったのか、ステラからも聞いておかなければなりません。チェスターに通信紙で送ってもらった報告では、行方不明になって三日も経っていたと聞かされましたからね」

丁寧(ていねい)な口調なのにとてつもない怒りのオーラが体から飛び出したように見える。ちょっと怖い。この状態で、どうやって話を続けようかと考えているとギルフォードは「ふう」と息を吐き、自分のジャケットをわたしの肩に掛けてくれた。

「話の続きはここを出てからにしましょうか。ここは僕たち以外の者は入ることができませんから安心ですが、ステラの具合が心配ですので」

何か聞き逃してはいけないようなことを言った気がする。けれどもたしかにギルフォードの言うとおりだ。さすがに三日も閉じ込められれば、ぼさぼさの髪だとか汚れだとか、いろいろと気になってしまう。

それにここは懐かしくてとても居心地がいいが、ギルフォードにとっては大事な思い出の場所でもあるから、こんな騒動で水を差したくはない。

「そうですね。でも、そういえばギルフォード様はどうやってこちらへ？　魔法でしょうか？」

人が移動する魔法は難しく、かなり断定的なものらしい。宮殿にはいくつか決められた場所に移動のための座標が置かれているようだが、登録した者にしか使えないのでそこまで万能なものでもないと聞いたことがある。

「……ここは僕の母の庭でしたから。ここだけは僕らが使う秘密の座標があるのです」

なるほど。もしかしたらそれは、国王陛下がグロリアアナ妃殿下と会うために設置したのかもしれない。そういった事情なのだとしたら王都に戻ってきたギルフォードが、ここへ突然現れたことも納得できる。

「ここへ飛ぶ前に、宮殿の裏手の目立たない場所へ馬車を寄越すように手配しておきました。ですから今から僕のあとを一緒についてきてもらえますか？　隠し通路を使って抜け出します。僕の手を、決して離さないようにしてくださいね」

ギルフォードはそう言うと、わたしの手をギュッと握った。

彼に導かれるまま、いろいろな隠し通路を抜けていく。ただ普通のエスコートのような形ではなく、指を絡め合った恋人同士が繋ぐような形なのが少し恥ずかしい。

だからといって、彼と手を離して隠し扉が抜けられるほうが不自然なので、恥ずかしさをごまかすために下を向いているとギルフォードに声を掛けられた。

「そういえばステラこそ、なぜあの庭園に？」

「え……あ？　その、さあ？　あの、ギルフォード様こそ、なぜわたしがあの庭園にいるのだと思われたんですか？」

「いいえ、気がついたわけではないのです。ただ、宮殿でのお茶会の後で行方不明、というのが引っかかったものですから。こっそりと忍び込めるのがあの場所だっただけで……」

「では、偶然というわけですね。……あ、わたしもたまたま！　そう、逃げ出した先が偶然あの庭だったので……ええ」

ギルフォードのことを考えていたから、宮殿の西側居住区まで逃げ込んだのだけれど、そこまで言う必要はないわよね、うん。

「そうですか……。ならば偶然もたまにはいい仕事をしますね」

「ええ、本当に」

クスリと笑うギルフォードの言葉に頷いて同意する。そして、どうやって魔法で隠されていたあの庭園の中に入れたのか、聞かれなくてよかったと、ホッと息を吐いた。

そのうちどこをどう通ったのか、気がつけば外に出られていて、暖かな春の夜の風がわたしの頬を掠めた。そうして用意されていた黒塗りの馬車に乗り込むと、夜に紛れ車輪が静かに回り出した。

「狭いところで申し訳ありません」

馬車を降りて直接ギルフォードに案内されたのは、貴族の邸宅が多く並ぶ王都中央東寄りではなく、南寄りの裕福な商家の隠居が好みそうな静かな区画。その中でも特に目立つところのない屋敷だった。

ギルフォードの合図で初老の執事らしき人が扉を開けてくれる。

どこかで見た覚えがあるような気がする……。どこだったかな？

そしてここは誰の屋敷なのだろうかと、キョロキョロ見回していると「秘密の私邸ですので、何も揃っていないうえに人も一人しかいなくて。恥ずかしいですね」と言った。

「定期的に掃除は入ってもらっているので、埃っぽくはないと思いますが、どうぞこちらへ」

その言葉どおり、シンプルな調度品が置かれている応接室へと通された。そこは、空気こそ少しこもっているものの、ちゃんと清潔に整えられている。

ああ、とてもギルフォードらしい、落ち着く空間だ。

ようやく少し休めると思うと、このところの緊張からときはなたれたのだろうか、あっと思う間もなく急に足の力が抜けて突然床にぺたんと崩れ落ちてしまった。

「ステラ!?」

「あ、はは……は、あれ？　……ははは」

あのお茶会の日からさっきギルフォードに助けられるまでのことを思い出すと、なぜだか笑いがこみ上げてくる。歪んだ口からこぼれ落ちる笑いを必死に止めようとするのに止まらない。

酷い思いをした。首を絞めつけられ、髪を引っ張られもした。

そうして脅されるように監禁されて、あれだけ辛い思いをしたのに、どうして笑いが止まらないの？

「あ、あ……はあっ……う……」

両手で口を覆いぎゅうぎゅうと押さえつける。

止まれ、止まれ。止まれ！　こんなの、わたしの意志じゃないのにっ……！

「ステラ！　泣いていい、泣いていいですから……。我慢しないで、僕の胸で泣いて」

……あ。

ギルフォードはそんなわたしを胸に引き寄せて優しく抱きしめてくれた。その彼の言葉で、自分の瞳から涙がこぼれ落ちてきているのに初めて気がつく。

そうだ。わたしはずっと泣きたかったんだ。

アーノルド殿下に手荒く扱われ、マクシム様に脅されて、ロザリア様やベルトラダ様に蔑まれたイリニエーレだった頃から、ずっとずっと、泣くのを我慢していた。だから――。

「泣いていいから」

トントンと背中を叩かれながらギルフォードに言ってもらえたその言葉が、わたしの胸に深く根を下ろしていた楔のようなものを壊してくれた。

「う……わ、わぁあああん……ひっぐ、ぐ……」

一度堰切れてしまった感情の波が、大きな涙となってこぼれていく。ぼろぼろと落ちる涙をそのままに、ただ黙って抱きしめてくれるギルフォード。

そんな彼の優しさにもたれながら、わたしは涙が涸れるまで泣き続けた。

『泣いてはダメ。笑ってもダメ。怒ってもダメ。悲しんでもダメ。感情を見せてはダメ。ダメ。ダメ。ダメ。ダメ――』

誰がそんな言葉を言ったのだろうか？　もしかしたら誰も言ってなんかないのかもしれない。でもイリニエーレは、子どもの頃からずっと自分はそうあるべきだと思っていた。

他の人が許されることでも、自分は宝石眼の乙女だから我慢すべきなのだと。それが正しいことなのだと、そう思わされていた。

そういえば、イリニエーレに初めて『もっと笑って、そのほうが素敵よ』と言ってくれたのはグロリアアナ妃殿下だった。

それからずっと彼らと一緒にいて、イリニエーレも少しばかりは人らしくなったし、自分の思いを多少なりとも口に出すようになった。

もうあの頃のように我慢なんてしないと思っていたけれど、生まれ変わってもなかなか心の奥深くまでは変わらないものね。

ただ、そんなわたしを変えてくれるのは、やっぱり……。

泣くだけ泣きさって、もうこれ以上は泣けないと言ったわたしに、ハンカチを渡してくれたギルフォードの顔をそっとうかがう。あんなにも迷惑をかけたというのに、どこか楽しそうに見つめてくる彼の顔が妙に眩しく感じてしまう。

気持ちを抑えるように大きく息を吸った。するとギルフォードはそれに気がついたのか、にこりとわたしに向かって笑顔を見せた。

「だいぶ落ち着きましたね、よかった」

「あ……はい。申し訳ありません。面倒をお掛けしてしまって……」

「いいえ。でも少し喉が嗄れているようです。簡単な軽食と飲み物を用意していますのでもう少し休んでください」

いつの間にか用意されていたワゴンの上には、サンドイッチとホットミルクが載っていた。

そういえば、今日のお昼も食べ逃したうえに、あれだけ走り回ったのにもかかわらず、水分を全くとっていなかったことを思い出す。

そのうえ泣いて体力を使ったのか、クゥとお腹が鳴るほどに空いていたことに気がついた。

「では、どうぞごゆっくり。食べ終わった頃にまた来ます」

わたしのお腹の音を聞くと、クスリと笑い、部屋を出ていこうとするギルフォード。きっとわたしが人前でものが食べられないから、遠慮するつもりなのだ。

「待って！　待ってください、ギルフォード様」

立ち去ろうとするギルフォードのコートの裾を引っ張る。

「どうしましたか？　ステラ。もしかして、食べられないものがありましたか？」

「いいえ、そうではなくて……」

食べられないものなんてない。ふわふわに焼いたオムレツ風の玉子をパンで挟んだサンドイッチも、蜂蜜の添えられたホットミルクも大好物だ。どうしてここまでわたしの好きなものを知っているのか、不思議なくらいに。

だから彼を呼び止めたのは、そんなことではなくって……。

「あの、一人では寂しくて……それに、まだ落ち着かなくて、少し量も多いし、それで……」

「はい……」

喉がカラカラに渇く。なんだろう、凄くドキドキする。本当にわたし、大丈夫だろうか？

気持ちが悪くならないなんて保証はどこにもない。迷惑をかけてしまったら、とも思う。

でも、好きな相手だからこそ、自分のみっともない部分だって見せても大丈夫な気がした。

それに、今はまだギルフォードと離れていたくない。その気持ちだけで食事に誘った。

「その、もしよかったらですが、ここで……一緒に召し上がりませんか？」

顔が真っ赤になるのがわかる。バクバクバクバクと心臓が早鐘を打っている。あんまりにもその音が大きいので、ギルフォードがなんと言っているのかが聞こえ……ない……。

でも、そんなこと関係ないくらいに、キラキラがこぼれ落ちそうなくらいの微笑むギルフォードの顔を見て、答えがイエスだということがわかった。

あああ、どうしよう。勢いで言ってしまったものの、やっぱり無理かもしれない？

目の前に置かれたサンドイッチを見て、ムカムカよりも遥かにドキドキのほうが強くて手に取れないなんてことは初めてだった。なんだか違う汗が噴き出そうになる。

ソファーに座って固まるわたしの隣で、心配そうな顔をしているギルフォードに、逆に申し訳なくなった。

「ステラ、やっぱり厳しいのでは？　無理はしなくてもいいですよ」

無理ではない……と思う。ただ、わたしが息を呑むたびに、こちらを凝視しては慌てて視線をそらし、それでもというようにチラチラと見てくるギルフォードの姿が、なんというか可愛い？　いいえ、違う。もの凄く大事に見守られているようで面映ゆいのだ。

もう子どもではないギルフォード。素敵な青年になった彼に守られるのが嬉しい。けれどもそれと同じくらい恥ずかしい。

「あの、一緒にテーブルを囲むことは全然かまわないのですが、その……ずっと見ていられると緊張してしまって」

正直に答えると、ギルフォードは「ああ、それならば」と言いテーブルの上に置いてあったナプキンを手に取った。そうしてくるりと頭の周りに回すと、そのまま自分の目を覆うように隠した。

「えっ、ギルフォード様！　そこまでしなくても」

「でも見ていられると気になるのでしょう？　僕はどうしてもステラを見つめてしまいますから、こうしないといつまで経っても食べられませんよ」

「それは、そうですが……」

見つめてこなければいいだけなのに、とは言いきれずに頷いてしまった。

でも今度はわたしのほうが気になってチラチラと覗いてしまうようになる。

深い紺色の髪に白い目隠しというのは、なんだか妙な色気を感じさせた。

「これでも無理なら、僕が出ていきますので。とりあえず試してください」

「そうですよね。では」

いつまでもこのままぐだぐだとしていては、話をする時間も削られてしまう。わたしはギルフォードの気配を隣に感じながら、サンドイッチを手に取り口へと運ぶ。ゆっくりと噛みしめながら彼の方を向いた。

大丈夫。食べられる。だって、ギルフォードなら信じられるから……。

サンドイッチ二切れを食べきり、ホットミルクを半分ほど飲み、ホッと、ひと息ついた。

「食べることはできましたか？」

「はい。とても美味しいサンドイッチとミルクでした」

まだ直接見られると恥ずかしい気がする。でもそれは、だんだんと慣れていけばいい。少なくともギルフォードと一緒にいても大丈夫だとわかったことは、自分にとってとても嬉しいことだから。

「それはよかったです」

目隠しをしていてもギルフォードが喜んでくれているのがわかる。わたしも嬉しくなり、残りのミルクを飲みきってしまおうと口元へ運んだところで気がついた。

……一緒に食べましょうと言っておいて、わたししか食べてなくない!?

「すみません！　どうぞギルフォード様も召し上がってください！　それともミルクを飲みますか？　あ、目隠しも取らなくっちゃ……」

慌ててサンドイッチの載ったお皿を差し出すと、ギルフォードは苦笑しながら目隠しを外した。

彼の緑色の瞳が見えると安心する。食べ物を前にして、家族以外の目が怖くないなんて、やっぱりギルフォードは特別なんだと思う。

「では、サンドイッチをいただきましょう。でも、ミルクは結構ですよ」

「あ……はい」

そういえばギルフォードはミルクが苦手だった。

「すみません。飲みかけは失礼でした……」

ただでさえ残りものを渡すような真似(まね)をして、と恥ずかしくなる。そんなわたしを気遣うようにギルフォードは内緒話をするみたいにこっそりと言った。

「いいえ。実は子どもの頃、背を伸ばしたくて飲みすぎました」

――早く、追いつきたくて……。

軽くおどけたみたいに話した後で、目を閉じて呟いた言葉をわたしは聞き逃さなかった。

今、ギルフォードはきっとイリニエーレのことを思い出していたに違いない。

口元を和らげ、懐かしむような微笑み。彼のそんな表情を見て、胸に何か重たいものが乗ったような気になった。

ギルフォードがわたしのことを好きだと告白したくせに、わたしを前にして違う女性のことを考えている……。

「ステラ、どうしました？」

「え、あ……いいえ。なんでもありません」

思わずプイッと横を向いてしまった。

違う女性？　イリニエーレは自分の前世の姿なのに、なぜかギルフォードが思い出しているだけでこんなに悶々とした気分になるなんて。

こんなこと、これじゃあまるでイリニエーレに嫉妬しているみたいじゃない……。

えっ……まさか、そんな？

顔がカッと熱くなる。急にそわそわして落ち着かない。そんなわたしの様子を見かねて、ギルフォードが心配して声を掛けてきた。

「ステラ。具合が悪そうですが、今日はもう休みますか？」

「いいえ！　その、違います。大丈夫です。ただ……お話ししなければならないことが気になって……」

「……では、早々に片付けて話をしましょう」

執事がワゴンを片付け部屋を出たのを確認してから深く息を吸うと、それからゆっくりと口を開いた。

「アーノルド殿下が王位の簒奪（さんだつ）を狙っています。結界石の破壊も、魔法騎士団を王都から離れさせるのが目的でした」

「王位の簒奪……。結界石破壊の主犯としてもおおよそ見当はついていましたが、こうして話を直接聞いてしまうと少々堪えます」

いくら接触の少ない兄弟でも、父親である陛下の王位を狙っていると聞けば動揺するのも当たり前だ。ギルフォードの表情が歪むのを見て心配になる。

「すみません、続けてください。そのせいでステラを巻き込んでしまったのですね」

「え、ええ。そうです」

宮殿でのお茶会を退出してから、思いがけずにアーノルド殿下とマクシム様の話を聞いてしまったこと、そしてそれが彼らに知られてしまったことで、東側居住区の物置に監禁されていたことをもう一度順序立てて話した。ただし、わたしが宝石眼を持っていることは隠して。

「たまたまベルトラダ様が、物置に護衛騎士が立っていることがおかしいと気づかれて、ちょっといろいろとありましたが、そこで隙を見て逃げ出したんです。本当に運が良くって……あはは」

ちょっとどころではない攻撃魔法を仕掛けられたけれど、当たってはいないので数には入れなくてもいいだろう。わざわざこれ以上ギルフォードに心配をさせる必要もないと、笑って上手くごまかした。

眉間に皺を寄せながらも、そこまで黙って話を聞いていたギルフォードだったが、わたしの笑い声にピクリと反応すると静かに口を開いた。

「――運が良いだけでは、母の庭園には入ることはできませんけどね、ステラ」

「……はいっ!?」

驚き、声が裏返ってしまった。庭園では何も言われなかったのに、今になってどうしてそんなことを言い出すのだろうか?

さっきは『偶然もたまにはいい仕事をしますね』と言ってくれたのに……。

顔を引きつらせたまままわたしは、ギルフォードから目が離せないでいる。

どこか怒っているような、でも辛そうな、色んな感情が織り交ざった表情で微笑んでいる彼の瞳から逃げ出せない。

いったいどう説明をしたらいいのだろう。ここで、たとえわたしが宝石眼の乙女だと告げても、それは王族の隠し通路やグロリアナ妃殿下の庭園を知っていることの証明にはならない。

魔法が使えない、そして魔法の効果を消してしまう宝石眼の乙女であっても、一度しか来たことがない宮殿の中、巧妙に隠されたあの場所を知ることは絶対にできないはず。

たとえ行き当たりばったりで逃げたとしても、万に一つも辿り着く可能性はないのだ。

それなのにあの庭園にいたわたしのことをギルフォードが不審に思うことは当然だろう。

もしも、わたしがイリニエーレの生まれ変わりで、あの思い出の庭園のことを知っていると話したら？　いいえ。そんな荒唐無稽な話こそ、信じられるはずがない。

どう言えばいいのかわからずに口ごもってしまう。

そんなわたしに向かって、ギルフォードは「大丈夫」と口火を切った。

「もう隠そうとしなくていいですよ、ステラ」

「……え？」

「王族の隠し扉と通路、それを使ったのですよね」

「どうして……それを知っているの？」

驚きすぎて目を丸くしているわたしの顔がおかしいのか、ギルフォードは一度自分の口元に手を置き、フッと息を吐いた。そうして、仕方がないですねと、笑って言った。

「……あなたには、魔法が効かないから」

ギルフォードの言葉に、すうっと血の気が引く音がした。

魔法が効かないと知っているのはどうして？　もしかしなくても、ギルフォードはわたしが誰なのかを知って……？　いいえ、そんなこと、あるはずがない。

　まとまらない考えに固まっていると、ギルフォードの人差し指が目尻に触れた。

「目薬を最後にさしたのはいつでした？　随分前から、あなたの本当の眼が僕の姿を映していたのを知っていますか？」

　突然目薬のことを言われ、この部屋に置いてある時計へと視線を向けた。

　お兄様がこっそり入れていた予備の目薬を見つけてさしたのは、たしか昼すぎ、三時頃だった気がする。時間を確認してみても、まだ時計の針は八時を回っていない。目薬をさしてから六時間はもつものとしても、効果が切れるまではまだ時間があったはずだ。

　先日のお茶会でも効果が早く切れすぎたため、アーノルド殿下たちにわたしが宝石眼であることがバレてしまった。

「きっと強めの魔法が干渉すると、目薬の効果が早く切れるのでしょうね。あのパーティーのときも、もう少しで危ないところでしたから」

「え？　今、なんて……？　ギルフォード様……」

「魔法騎士団のパーティーです。うっすらと宝石眼の特徴である煌(きら)めきがシャンデリアの光を反射し始めていました」

　たしかにあのときはワイングラスが割れて襲ってくるまで魔法攻撃を受けていたことに気がつかずにいたが、その少し前からフリエッグ子爵令嬢によって何回か掛けられていたらしい。

そういえばアーノルド殿下たちに宝石眼がバレたのも、マクシム様の拘束魔法を弾いてからだったはずだ。そして今日も、ベルトラダ様に散々攻撃魔法を掛けられた……。

といういうことは、ギルフォードと庭園で会ったときにはもうわたしの瞳は宝石眼に見えていたっていうこと……!?

「……まさか、ギルフォード様は気がついていらしたの？　わたしが……」

「はい。あなたが宝石眼の乙女であることは初めから知っていました、ステラ。……そう、ずっと前から」

彼の口から聞かされて、息が止まりそうになるほど驚いた。

「……それって、え？　じゃあギルフォード様がわたしに声を掛けてきたのは、わたしが宝石眼だからなのですか？　それで、アーノルド殿下の王太子の地位に取って代わろうとして？　だって、そうじゃなきゃ、そんな……」

アーノルド殿下の『宝石眼のこいつを利用して、俺の王位を奪いにきた』という言葉が頭の中でぐるぐると回る。反射的に座っている場所から後ろに下がってしまった。

そんなわたしを見て、ギルフォードは右眉を少し下げた。

「あのデビュタントで僕がダンスに誘ったのは、ステラが宝石眼の乙女だからというわけではありません。……わかりませんか？」

そういえばダンスのときはちゃんと目薬が効いていた。そうでなければエスコートしてくれたあのお兄様が何も言わないなんてことは考えられない。だから当然そのときにギルフォードに知られたわけでもないはずだ。

そもそもあの目薬にそんな欠点があるなんて知らなかった……。あれ？　待って、でも、そう考えるとおかしいことがある。

なぜ彼はわたしが宝石眼を隠すために目薬を使っていることを知っているのか。

だって、この目薬の作り方を知っているのは、本来なら宮殿の書庫で作り方を見つけたギルフォードとイリニエーレの二人だけのはずだ。それなのに――。

心臓がドクンと大きく跳ね上がった。

『――ずっと前からあなたが好きでした』

あの日、外壁の外でアネモネの花を見ながら彼に言われたことが脳裏に浮かぶ。

ずっと前からとはいつからなのだろうか。そして、庭園で言われた『ここは僕たち以外の者は入ることができない』という言葉の意味も。

ありえない想像が思い浮かぶ。でも、わたしにはそれを言葉にする勇気が出てこない。それは間違っていたらどうしようという心配ではなく、当ててしまったときにギルフォードとどう接すればいいのかという不安のせいだ。

それでも、このまま黙っていることもできず彼に尋ねた。

「わたしのことを……わたしが誰なのか知っているのね？」

ギルフォードはソファーから立ち上がるとわたしの正面に膝をつき、初めてダンスを誘ったときのように右手を差し出す。

そうして瞼（まぶた）を一度閉じたあと、こちらを真っ直ぐに見つめ告白した。

「あなたを生まれ変わらせたのは僕です。ステラ……いえ、イリニエーレ様」

第六章　告白

小さな箱庭のような世界でも僕が幸せだと思っていたのは、何よりも僕を愛してくれる大好きなお母様と、たまにしか会えないけれど強くて立派なお父様、それから美しくて優しいイリニエーレ様がいてくれたからだ。

そこにいさえすれば、意地悪な兄上も僕を憎々しげに見つめるたくさんの目も関係なく幸せでいられた。

ずっと、ずっと、この世界で生きていられたなら僕は何もいらないと思っていた。

そう、あのときまでは――。

『お母様……おねがいだから……ね、早く元気になってまた一緒に庭園で散歩をしましょう』

『……そうね、ギル……皆で。ああ……ギル』

何度も何度も願ったのに、病気がちだったお母様は一向に良くなることはなく、魔法治癒を頼んでも死に抗えるほど万能ではないと、死亡宣告とも思える言葉を告げられた。

僕の生まれ持った力――〝祝福〟のギフトは、代償と引き換えにすればなんでも願いを叶えられるほどの珍しく貴重な力だった。

　あまりにも強大な力を悪用されないようにと、お父様とお母様は僕のギフトをひた隠しにしていたのだが、なんとしてでもお母様を治したかった僕は、それを使った。

　願いの大きさにより代償が大きくなるのはわかっていたから、お母様が祖国から持ってきた古代竜のものだと言われている竜石を手に取り毎日強く願った。ただそれでもギフトは発現することなく、日々お母様は衰弱していく。

　そんなお母様を見つめることしかできないことが歯がゆく、僕は自分自身を責め立てた。

　こんな肝心なときに役に立たないギフトなんて……！

　そう自分の力のなさに落ち込み嘆いていると、お母様が僕の手を取り、辛いだろう体でギュッと抱きしめてくれた。

『ギル……壊れゆく器に命を繋ぎ止めることは竜にも……神様にだってできることでは、ないわ。それは、自然の摂理……だから、悲しまない、で……ただそれでも……お母様を思って、くれ……るなら……私の、いの……ちで……お庭を、ずっと……』

　お母様の最期の言葉を聞いた僕は泣いた。泣いて、泣いて、そうして僕のギフトでお母様の庭園にとこしえの祝福をした。

〝――愛おしく幸せの庭よ、美しく生きながらえ永久の時を刻み給え〟

　お母様の願いどおり、お母様の最期の灯火を代償にして。

『あの場所を私だと思って、お父様と仲良くね』

お母様の遺言どおり、僕の〝祝福〟のおかげで、庭園はずっとあの頃のままの美しさを誇っている。しかしお父様はそれから一度もあの場所へ足を運ぶことはなくなってしまった。

きっと、お父様はお母様の命を縮めた〝祝福〟も、それを使った僕のことも嫌いになったのだ。だから僕に会いにきてくれなくなったんだ。

それでも僕は庭園へと足を運ぶ。お母様が愛した場所へ。

そうしてお母様が亡くなってからというもの、来なくなってしまったお父様を待ちわびながら毎日庭園で泣き崩れていた。

そんな僕を兄上の婚約者であるイリニエーレ様だけが慰めてくれる。側にいて、静かに抱きしめてくれた。背中を優しくトントンと叩きながら、可憐な声を聞かせてくれた。

『大丈夫よ、ギルフォード。陛下はあなたのことを愛しているわ。ただ今はまだグロリアナ妃殿下を亡くされた悲しみが大きすぎるだけなの。……だから待ちましょう。陛下がまたここへおいでになる日を』

『……イリニエーレ様も、一緒に？』

『ええ、わたしも一緒にあなたと待つわ。だから、もう泣かないで、ギルフォード』

大好きなイリニエーレ様。優しいイリニエーレ様。ずっと、姉のように慕っていたお美しいイリニエーレ様。

いいや、違う。内緒で庭を覗き込み、お父様とお母様が抱き合っているのを見て、あれが僕とイリニエーレ様だったらいいなあと何度も夢をみた。

僕の想い人――イリニエーレ・ビエランテ辺境伯令嬢。

イリニエーレ様は些細なことにも微笑みを浮かべる少女だった。

花が舞ったから。鳥が飛んだから。僕がイタズラをして転んだから。

氷のような表情の下で、一見そうとはわからないくらいに微かに笑う彼女は、まるでお母様が大事にしているビスクドールのようだと思っていた。

彼女に優しく慰められたことで、徐々に僕はお母様の死を受け入れていった。そうして、少し小さくなった新しい箱庭の世界にまた浸り始めた。

兄上の婚約者である限り、いつしか壊れてしまうかもしれない危うい世界でも、ただそれだけが僕の幸せな世界だったから。

それなのに、現実はとても無情だった。


イリニエーレ様が毒を飲まされて瀕死の状態だと聞かされたとき、僕の足元がガラガラと崩れ落ちる音が聞こえた。慌てて彼女の元に駆けつければ、たった一人の医師と数人の侍女だけしか側に付いていなかった。

兄上は？　あいつは婚約者なんじゃないのか!?

そう叫んだような気がしたが、よくは覚えていないし、すぐにどうでもいいと思った。

あんなクズのような男のことよりも、愛するイリニエーレ様がどうなるのかだけが心配で、すぐに彼女の手にすがりついた。

イリニエーレ様の白い肌が、毒で吐血したせいで血液が足らず、透き通るように青白くなってしまっている。次第に小さくなる呼吸音に、お母様の最期がフラッシュバックする。

『——……死なないで……お願いだから、助けて、誰か、誰か……』

ただでさえ宝石眼(ほうせきがん)の乙女(おとめ)であるイリニエーレ様には魔法が効かない。毒を排除したくてもどんな毒なのかすらすぐにはわからないのだ。

なぜこんなことに？　今日は僕と一緒に庭園で花を見ようと約束していたよね。お願いだから目を開けて……！

どれほど懇願してもイリニエーレ様は応(こた)えてくれない。苦しそうに呻(うめ)く彼女を見ていると涙が止まらない。でもそんな姿を見せたくなくて必死に涙を我慢する。

どうして僕の愛する人たちはこんなに早く旅立ってしまうのか。

呆然(ぼうぜん)と立ち尽くす僕を引き戻すようにイリニエーレ様の体が痙攣(けいれん)で跳ね上がった。

ダメだ。逝(い)ってはダメだ……。イリニエーレ様！

お母様の形見である古代竜の竜石がキラリと僕の胸元で光った。亡くなったあと、ブローチにして毎日胸に付けていたものが、まるで「まだ諦めるな」と言っているように……。

壊れゆく器に命は繋ぎ止められないとお母様は言った。ならば、壊れゆく器でなかったらどうなのだろうか。

伝説の古代竜の竜石——お母様の祖国、アスベラル国の者以外は誰も信じてはいなかった伝説にこんなものがある。

アスベラルの大地へと降り立った古代竜は、愛した人間と番うために己の鱗で祝福した。するとその古代竜に愛されし人間の瞳は宝石眼と変わり、人化した古代竜——アスベラルの初代王と共に幸せに暮らしたというおとぎ話だ。

お母様の一番好きなおとぎ話で、何度も何度も聞かされたお話。

けれども、もしも本当に宝石眼が古代竜の祝福で成った瞳ならば？　宝石眼の乙女であるイリニエーレ様ならもしかして……今度こそ僕の〝祝福〟で愛する人を救えるのでは？

一縷の望みに全てを懸けて、僕は祈った。胸元の竜石を握りしめて心の底から、イリニエーレ様を生まれ変わらせてほしいと——。

『僕は……たとえ、あなたが生まれ変わっても……ずっと、ずっと……愛しています』

だから、僕の元に戻ってきて。……いいや、迎えに行く。

あなたが大好きだったものを全部抱えて、今度こそ僕のものになってほしいと。

竜石が僕の〝祝福〟を代弁するかのようにキラキラと輝き、まばゆい光がイリニエーレ様を包み込み、そしてそのまま中へ消えていく。すると、さっきまで息も絶え絶えだった彼女の呼吸が安らかなものに変わっていった。

その様子を見ていた侍女から悲鳴のような声が上がった。医師が慌ただしく動き、人を呼んでいる。

——愛しています、イリニエーレ。

僕は彼らを振り返ることもなく、ただイリニエーレ様へ約束の口づけをした。

「——そうしてイリニエーレ様が生まれ変わったのが、ステラです」

ギルフォードによる突然の告白に、頭の中がパニックに陥ってしまった。

「ステラにイリニエーレ様の宝石眼まで引き継がれ生まれ変わってしまったのは、おそらくこの〝祝福〟の代償が古代竜の竜石だったからだと思うのですが」

輝きが消えた青いブローチを手に、ギルフォードが微笑んでいる。

「え……待って、待って、ください。あの……本当に？」

わたしがイリニエーレの生まれ変わりだとギルフォードに気がつかれていることまではまだ想定内だった。

いいえ、それもまた衝撃であることは間違いがない。それでもそれ以外では、わたしが宝石眼であることに気がついていたことや、それを隠すための目薬の存在、そして好みのものを全て網羅していたことに説明がつかない。

何度断っても、わたしと出掛けようと言って食い下がる姿もイリニエーレに対する幼いギルフォードそのものだった。

しかし、あろうことか〝イリニエーレをステラへと生まれ変わらせたのがギルフォード〟だとはかけらも考えが及ばなかった。

膝の上の手をギュッと固く握りながら尋ねる。

「にわかには、信じられません……でも、いつから？　わたしが、イリニエーレ……だと⁉」

「しばらくの間は竜石の力とギフトが繋がっていましたから、ステラがコートン家の令嬢として生まれた時点でわかっていました」

そんなに早くから……⁉

「しかし当時、僕はまだ何も持っていない非力な子どもでした。ですから勢いに任せ会いにいけば迷惑がかかると思い、ステラが成人するまでは絶対に接触もせずに……黙って見守るだけにとどめようと……」

ということは、本当にわたしが産まれてすぐにはもう、ギルフォードは知っていたのだ。

それでわたしの成人にあわせて、普段参加したこともないデビュタントへと参加をしたの？

あんぐりと口を開いたまま言葉にならない。

どうしよう……。どうしたらいいの？

とまどうわたしの膝元で跪いていたギルフォードが、そっと右手を取り、それを自分の額に当てる。そしてまるで騎士が誓いを立てるような姿で、わたしに愛を請う。

「ずっと、生まれ変わる前も、そして今のステラも全て……あなただけを愛しています」

わたしの宝石眼をギルフォードの視線が鋭く射貫く。

これ以上ないほどの真剣な愛の告白に混乱してしまい、思わずその手を叩き返してしまった。

パシッ！　思ったよりも大きな音に自分自身びっくりしてしまう。

「あ……ごめんな、さい」

どうしてか、叩いたわたしのほうが叩かれたギルフォードよりも泣きそうになっている。

手のひら以上に胸が痛い。胸元に手を置いてギュッと握る。ギルフォードはそれを見て、フッと息を吐き静かに立ち上がった。

「ステラのことも考えずに、いきなりすぎましたね。いつかは話そうと思っていましたが、こんなタイミングで話すことになるとは……」

それは仕方がないと思う。アーノルド殿下たちの王位簒奪計画なんてものがなければ、宝石眼だってそう簡単に露わになるものではなかった。

ただそれでも、突然の告白に動揺せずにはいられない……。

「あの、ギルフォード様のおっしゃっていることはわかりますが……まだ心の中で整理がついていなくて、だから……少しだけ時間をいただけますか？　……少しだけ」

時間の猶予を願うと、変にギクシャクとした空気が流れる。

ついさっきまで、限定的ではあるものの一緒に食事もとれるようになりギルフォードとの距離もグッと近づいたと思ったのに、また自分から突き放してしまったような気になる。

「執事のザイラスに、ステラの部屋を用意させましたのでそちらをお使いください。彼は信用できますが、気になるでしょうから絶対に顔を覗かないよう伝えておきます」

「……はい。ご配慮ありがとうございます」

そう答えると、ギルフォードは右眉を歪めながら小さく頭を下げた。それから静かに扉を閉めて出ていってしまった。

わたしは同じ屋敷の中にいるはずなのに、彼が王命によって王都を離れていたときよりもずっと、遠いところにいるような気がして仕方がなかった。

そうして執事のザイラスに用意してもらった部屋へと向かう。そこはふんだんにレースとリボンが使われているベッドやカーテン、クッションなどで埋め尽くされていた。

可愛らしくロマンチックなその部屋は、いつだったかイリニエーレがギルフォードへ話した理想の部屋そのもので、思わず息が漏れた。

ふんわりとしたレースで装飾された着替えのドレスまで掛けられている。

「……こんなものまで全部覚えていなくてもいいのに」

いつでも、どんな話でもギルフォードはきちんと聞いてくれていた。背が高く表情が乏しかったため、全く似合いもしなかったイリニエーレの少女趣味まで覚えてしまうほどに。

――ギフトでイリニエーレを生まれ変わらせた。

彼が言うのなら本当にそうなのだろう。ギルフォードは大事なことで絶対に嘘はつかない。

そして、ずっと生まれ変わったわたしのことを愛していた、のだとも言った。

あれほどギルフォードの告げた生まれ変わりの真実に動揺していても、小さなギルフォードが大人になってもわたしのことを想っていてくれたことが嬉しいと感じている。

ただそれと同時に、なんとも形容しがたいわだかまりがあるのもたしかだ。

イリニエーレの趣味だったもので固められたこの部屋は、いったい誰のための部屋なのだろう。それほどに、イリニエーレとの思い出に染められているような気がしてしまう。勿論、今のわたしの趣味とも合ってはいるのだけれど……。

彼は本当にステラとしてのわたしのことを見てくれていたのだろうか……？

考えれば考えるほど、その疑念がわたしの言葉を奪ってしまう。

ああ、ギルフォードに言いたいことがあるのにまとまらない。

わたしはベッドの上にごろんと寝転んだ。このまま眠りに落ちたら、起きたときには自分の部屋になったらいいのに。そして、デビュタントからもう一度やり直したい。

……ギルフォードの手がわたしの前に差し出されたら……差し出されたら？

どうするだろうか。なかったことにして断固として断るのか、それとも……。

そんなことを考えているうちに、疲れ切っていたわたしは深い夢の中に落ちていった。

そうして、何かとても大事な夢を見た。

ギルフォードによく似た顔の長髪の青年が、光り輝くモヤの中でわたしに問いかけている。

遠くに見えるのに、とても近くで声がする。

〝キミハ……シタイ？　……ナニヲ、スルノ？〟

少し呆れたような顔の彼に、まるで何かを試されているような気がした。

何をしたいのですかって？　わたしが、することは……。

今わたしがしたいこと、するべきことを思う。考えなければいけないことではない。

ギルフォードの告白も全て後に回しても、しなければならないこと。

それが一つ頭に浮かぶと、その青年は笑いながらモヤの向こう側へと消えていった。

キラキラとまばゆい光がブワッと視界を覆いかぶすほどに広がった。

これはたしか、以前も見たことがある夢。

それが何なのか、思い出せないけれども気がついたことが一つある。それは――。

陽が昇ったと同時に起き出して支度すると、さっそくギルフォードを探して部屋を出た。

瞳を隠さずに執事のザイラスに声を掛けると、彼は慌てて顔を背けた。そして何ごともなかったような素振りでギルフォードの居場所を教えてくれた。

教えられたように屋敷の横まで覗きに行くと、大きな生け垣に囲まれた場所で彼は一心不乱に剣を振っている。流れる汗をそのままにただ剣を振るその姿はとても力強い。でも、わたしにはギルフォードが懸命に何かを振り払っているように見えた。

「ギルフォード……」

わたしに気がつくと、一瞬後ろに足を引き、それからためらいがちにゆっくりと歩いてくる。

昨日の強引さはどこへいったのかと思うくらい、どこか遠慮がちな声で「あの、よく休めましたか？」と言いながら顔を横にそらした。

モヤモヤとしていた気持ちを通り越して、わたしはギルフォードに軽い怒りさえ覚えた。

彼の行動に、持ってきたタオルをギュッと握ると、そのままギルフォードへ向かって投げつけた。完全に不意を突かれたのか、投げつけたタオルが彼の頭に当たり半分引っかかったままになっているにもかかわらず、まだキョトンとした顔をしている。

その顔が見られただけでも、少しスッとした。申し訳ないとは思うが、わたしはイリニエーレだった頃よりも少しばかり性格が悪いのだ。

腕を組んでギルフォードに向かい合うと、グッと顎(あご)を上げて大げさに言う。

「汗をちゃんと拭いてください、ギルフォード様。風邪(かぜ)をひいても知りませんよ」

これがイリニエーレならばきっと『風邪をひかないようにね』と言って汗をぬぐってあげた

だろう。

でも今のわたしはイリニエーレ・ビエランテではなく、ステラ・コートン。

ギルフォードが生まれ変わらせたといっても、イリニエーレとは全く違う人生を歩んできた。

同じように引きこもってはいたものの、大きな声で笑ったり、怒ったり、時にはわがままも言い、そして家族を愛し、愛されてきた。

わたしが前世の記憶を持ったまま生まれてきたことは事実だけれど、イリニエーレではないということをギルフォードにはちゃんとわかってほしい。

彼の姿を見た途端、そんな気持ちがより強く自分の心の中を占め始めた。

わたしの態度と言葉に一瞬驚いたギルフォードだったが、すぐにいつもどおりの優しい笑顔に戻り「はい、ステラ」と答える。彼の告白や自分の想いなどいろいろと思うところはある。でも今はまだこれ以上深く考えることはやめにする。

それよりももっと早く対処しなければならないものがあるのだから。それが一晩眠ってからわたしが出した結論だった。

「ギルフォード様。わたしは何よりもまず、アーノルド殿下たちの王位簒奪計画をなんとかしたいと思っています。王家のいざこざに立ち入りたいわけではありませんが、この耳で聞いてしまった以上は、国や国民を無駄に疲弊させたいとは思いませんから」

ギルフォードが投げつけたタオルで素直に汗を拭いている最中、わたしは自分がまとめた考えを口にする。

　魔法騎士団と王国騎士団が王都から離れた隙に無理やり即位するというアーノルド殿下の計画はとても杜撰で、行き当たりばったり的にしか思えない。しかし、そんな稚拙な計画でも、それがこのレーミッシュ王国に酷い爪痕を残すことはたしかだ。

　特に魔法結界を受け持つ陰王という立場の先代王が病気で倒れているこの状況下。王太子がクーデター同然のやり方で王位につくことは、魔物から国民を守ることを第一とした王家の威信を傷つけ、その国民からの支持をも失いかねない。

　アーノルド殿下がこの国を担っていかなければならない立場なら、なおさらだ、と。

　わたしの考えをひととおり聞いたギルフォードは、汗を拭いたタオルを首に掛けると、何かを考えているように下を向いた。そしてぽつりと言った。

「……それは、〝宝石眼の乙女〟としての考えですか？」

　一瞬、彼が何を言っているのかわからなかった。宝石眼の乙女であることと、アーノルド殿下の暴挙を止めるのと、何の関係があるのだろうか。

　首を捻っていると、ギルフォードは溜息と共に小さな声で呟いた。

「ステラがアーノルドのことをあまりにも心配しているので」

「……は？　あの？」

「宝石眼の乙女として国を憂いているのならいいんです……いえ、やはり聞かなかったことにしてください」

彼の言葉に怒るよりも呆れてしまった。

今の話を聞いて、どうしたらそうなるの？　わたしが心配しているのはアーノルド殿下ではなく、この国――大事な両親、お兄様、コートン家の使用人たちであり、愛してきた全ての人たちの幸せ。そしてその中には勿論、ギルフォードもいる。

それなのに、全くギルフォードときたら、変な心配をして……。

「ギルフォード様、わたしはアーノルド殿下のことを心配などしていません。というかむしろ、大、大、大っっ嫌いです！　家具に足の小指を毎日ぶつけてしまえばいいのにと、思うくらいなんですからねっ！」

そこまで一気にまくし立てると、フンッと鼻で息を吐く。

ああ、ずっと言いたかったことを吐き出したらなんだか少しすっきりしてしまった。

生まれ変わってからというもの、もう二度とアーノルド殿下たちとはかかわり合いになりたくないと考えていたのに、実はそれだけではなかったのだ。

どうせ彼らは変わりなどしない。それでも、できることならば少しでも自分たちがしたことについて反省してほしいと思う。

「だから、一緒に彼らのしようとすることを止めてください。わたしたち皆の国のために」

そうしてわたしは手を伸ばしてギルフォードの肩に掛かっているタオルを掴み、ぽんぽんっと彼の顔を叩いてやった。

「止めるとき、こんなふうに当たってても見ないフリしますからね」

呆気にとられている彼に、にこりと笑いかける。

「それがすんだら、ちゃんとギルフォード様とのことを考えます。生まれ変わりとか、いろいろあるけれども、全部ひっくるめて、あなたの告白のこと……考えてお返事します」

そう言ってわたしからギルフォードに手を差し出した。

「――全てあなたの言うとおりに、ステラ」

ギルフォードはフッとひと息吐き出すと、その手をしっかりと握り返した。

それから一緒に、応接室へと移る。執事のザイラスがすでに手を回していてくれたのかそこにはお茶のワゴンともう一つ、小さな木箱が用意されていた。

「ああ、全部揃いましたね」

「これはなんでしょうか？」

わたしの質問に答えるように箱を開くと、中から出てきたのはいくつかの薬草と試薬だった。

これは、宝石眼を普通の瞳に見せるための目薬に必要な材料だ。

そういえばこの目薬の作り方はギルフォードと一緒に見つけたものだから、材料も何もかも全部、彼が知っているのは当たり前のことだった。

「念のために用意しました。持ち合わせは全部使ってしまわれたのでしょう？」

「あ、ええ。使ったというよりも、奪われてしまいまして。あの、髪を引っ張られたあとで……」

「……ステラの髪を引っ張ったのですか？　アーノルド兄上？　それともマクシムですか？　それならば同じように返してあげなければフェアではありませんね」

どす黒い笑顔でにっこりと笑うギルフォード。どうやらわたしが、ギルフォードのことをちゃんと考えると言ったことで、何かが吹っ切れたように思える。

……お手柔らかにしてください。

「とにかく、せっかく用意してもらったのですから急いで調合しましょう。ギルフォード様も手伝ってくださいね。何にしても宝石眼のままでは、わたしは身動きがとれませんから」

いくらアーノルド殿下たちの計画をなんとかしようと思っていても、わたしは自分の宝石眼を他人に知らしめるつもりはひとかけらだってない。

むしろ宝石眼の乙女が存在することが皆に知られてしまえば、マクシム様が言っていたとおり、王太子の正妃にと担ぎ上げられる可能性が高くなる。貴族の中には保守的で、王家に近い高位貴族ほど宝石眼にこだわっている者が多いのも事実だった。

だからわたしがここで宝石眼の乙女として姿を現せば、きっと計画を実行するまでもなく王位がアーノルド殿下に移るだろう。そしてまた大嫌いなアーノルド殿下と王家という籠の中の鳥として生きていかなければならないことになる。

でも、今さらわたしは自分を犠牲にしてまで王家に尽くすつもりもない。わたしとは別のところでしっかりと国を守ってくれればそれでいいと思うことにした。

さっそく二人並びながら調合を始める。わたしが分量を量りギルフォードがナイフを持った。作り慣れたとはいえ、細かい作業が肝となる。ゆっくりと丁寧に量っていると、ギルフォードは小気味良い音を立てて薬草を刻みながらこれからの予定を話し出した。

「とりあえず国王陛下へ上奏します。ステラが計画を聞いてしまったことで監禁されたということを。ただし文書だけ上げても途中で握り潰される恐れがありますので、直接口頭で行うのがいいでしょう」

「直接と言ってもアーノルド殿下に邪魔されはしませんか？　ギルフォード様ならともかく、わたしの言うことを信用してもらえるかどうか……」

「宝石眼の乙女の言うことならば陛下も信用せざるを得ませんよ。ですが僕としてはそれこそ最後の手段だと思っています」

わたしだってできることなら国王陛下には知られたくない。

「どちらにしても、ステラに害をなしたあのクズ共を放っておくつもりはないです。特にアーノルド兄上はもう救いようがありませんから」

急に刻む音が荒々しくなり、ギルフォードが不穏な口ぶりで吐き捨てる。

たしかにこの計画を潰したところでアーノルド殿下の性格や考え方がそう簡単に変わるもの

ではないと思っている。

　でもそうなると……。ちらりとギルフォードの顔をうかがった。

「第二王子のエルドレッド兄上がいますから。彼はアーノルド兄上よりは幾分かマシですよ」

「そうですね。たしか外国に行っていらっしゃるのでしたね」

　正確にはアーノルド殿下に追い出されたと聞いたような気がする。それでも継承権二位のエルドレッド殿下が帰ってきてくれるのならばそれにこしたことはない。

「とにかく、ステラは彼らの計画を潰して、滞りなく国政が行われればいいのですよね」

「そうです。それで、皆が守られることがわたしの望みです」

　そう言い切り、量った液体の材料をフラスコの中に入れた。

「……おや？　イリニエーレ様とは作り方が違いますね」

「は？」

「まずそちらのオイルに薬草を浸しませんでしたか？」

　手順の違いをギルフォードに指摘され、イリニエーレと比べられたような気がして軽く苛つく。たしかに昔ギルフォードと一緒に見つけた目薬の作り方とは手順が違うが、これは何度か作っているうちに効率よく作れるようにとわたしが改良した作り方だ。

「こちらのほうが早く作れるんです。効能だって良くなってるくらいですからね！」

　なんだろう。ギルフォードの口からイリニエーレの話が出た途端、妙な対抗意識が芽生えてしまい、きつい言い方になってしまった。

「ステラ？　急にどうしましたか？」

「ああもう、半分よこしてください。わたしも刻みます。早く作らなくっちゃ……」

まるで嫉妬しているみたいな態度をとってしまったことが恥ずかしくて、わざと彼の手から薬草を奪い取る。それをどうとったのか、ギルフォードはフッと息を吐いて笑った。

「そうだったんですね。ではこれからはこの手順を覚えますので教えていただけますか？」

「え、あ……はい」

「ステラのことは何でも知りたいので。――あなたは僕の、唯一の人ですから」

「ゆ、唯一って……」

全部ですよ。約束です。と、まるで初めて会ったときのようにぐいぐいと迫ってくるギルフォードに、少しのけぞってしまった。

「ナ、ナイフを持っているから危ないですって……」

そう言ったのにもかかわらず、彼はそのままナイフを持っているほうの手を取って、その指に口づけをしてきた。

「……ギルフォードぉっ⁉」

「では、速やかに完成させましょう。そして全力で、迅速に。完膚なきまでに、ヤツらを叩き潰します」

そう言って、ギルフォードは口角を上げにやりと笑った。

とりあえず完成した目薬を瓶に詰め、横に揺らして色合いを確かめる。これで多分大丈夫だとしたところで、ギルフォードが彼らの計画について話し始めた。

「まずは、アーノルドたちの計画がいつ実行に移されるのかということですが」

「……そういえば、監禁された日に、アーノルド殿下は五日ほど、その……宮殿外に出てくる、とマクシム様が言ってらっしゃいましたが」

「ああ、相変わらず外遊びがお好きなようですね。そろそろ年齢を考慮すればよいものを」

あえて言葉を濁したにもかかわらず、身も蓋もないことを言う。

ギルフォードはわたしよりも年上なのだから、そういうことを気遣ってくれてもいいのに。

ぷうっと頬を膨らませていると、彼は苦笑いを見せた。

「まあまあ、マクシムがなんと言ったか知りませんが、賭け事のことですよ。さあ、ステラ、こっちを向いてください。目薬をさします」

ギルフォードに言われるまま顔を上に向けると、彼の鮮やかな緑色の瞳の中にわたしが映っていた。宝石眼が彼の瞳の中でキラキラと輝いている。

「この美しい宝石眼を隠すのは少々もったいない気もしますが、僕だけが知っていればいいとも思うので、普段はつけ忘れないようにしてくださいね」

「別に……ギルフォード様だけではありませんから」

ひんやりとした目薬がポトリと瞳の中に落ちて、二、三度目をパチパチとさせると、もうギルフォードの中にも宝石眼の乙女は見つからなくなっていた。

「……当然、両親も、お兄様だって知って……あぁっ！」

たった今思い出したことがある。マクシム様はたしか、わたしが宮殿からの帰りに行方不明になったのだとコートン家へ伝えたと言っていた。

だとしたらきっとまだ、お兄様はわたしのことを捜し回っているに違いない！

「あの、ギルフォード様。コートン家へ、急ぎわたしの無事を知らせていただけないでしょうか？　皆心配していると思うのです。特に、お兄様が……」

危険です。という言葉は呑み込んで頼んだ。

「ああ、たしかにチェスターから連絡がくる直前に、意味不明の羅列が入った通信紙が届きました。それから、その……僕が連れていったんじゃないだろうな……と」

やっぱり危険だった。違う意味で。

いくら仲が良くなったとはいえ、ギルフォードは第三王子だ。失礼にもほどがある。

それに、ギルフォードが勝手に人をさらうような人であるわけがないじゃない。

「申し訳ありません。あの、本当に」

「いいえ。ステラが行方不明になったと聞いたのならば、僕でも同じことをします」

「まさか、ギルフォード様がそんなことを……」

するわけがありませんよと、続けようとしたところで、ギルフォードはコホンとわざとらしい咳払い(せきばら)をした。

あ、したのかな……？

もし想像どおりなのだとしたら、おそらくはその被害者はチェスター様なのだろうと当たりを付けて、心の中で謝罪した。

「まあ、それはそれとして……とにかく連絡をお願いできますか？　これ以上周りに迷惑をかけないように」

「連絡なのですが、もう少しだけ、あと二日ほど待ってもらえるでしょうか？」

「え、え？　どういうことでしょうか？　待て、とは」

「五日は戻らないと言っていた。それはきっと国王陛下が王都外壁の五方の結界石の様子を確認しにいってしまわれたからです。ただでさえ周辺の結界石が軒並み壊されるという事件が起こりましたし、このタイミングで陰王が倒れました——だからヤツらは実行することを決めたのでしょうね」

王都を守る結界石は特別で、竜の鱗である竜石が使われている。それだけにその置かれている場所は秘匿され、国王と引退した王——陰王しか知らされていない。

五方の結界石全てを確認するということは、それだけ気をつけて移動しなければならないため、時間がかかるようだ。王国騎士団長と数人の精鋭騎士のみが陛下に追従していったという。

「その話も議会でなされたのでしょうか」

あの計画を聞いてしまったお茶会の日、宮殿で緊急に行われた議会があった。王太子であるアーノルド殿下は当然その話を知っていただろう。

「はい」と一言彼は答えた。

「それから、今日で四日経ったわけです。しかしアーノルド兄上はステラに逃げられたと聞かされても宮殿に戻るような人間ではありません」

「それは……そうでしょうねえ。自分を甘やかす……決めたことは変えない方ですからね」

もうわたしがイリニエーレだったことを知っているギルフォードには普通に答えられる。

「念のために兄上に付けている者からも、未だ賭け事に夢中になっていると報告がありました」

不測の事態が起これば即対応できる用意があるということだ。本当に抜け目がない。

「それでもおそらく、決行日は国王陛下が宮殿に戻った次の日でしょう。アーノルドは厚顔ではありますがギリギリまで宮殿で普段と変わらぬ生活をしながら、黙っていられるほど大胆不敵な性格ではありませんから」

まさにそのとおりだと思う。むしろどうしてあんな王位簒奪の計画をしたのか、そちらのほうが不思議なくらいに……でも。

「それと、お兄様への連絡と、何が関係あるのでしょうか？」

理由を教えてほしいと食い下がる。どれだけわたしへの気持ちが暑苦しくても、それはやはり家族としての愛があるからだ。ずっとわけがわからないまま心配させたくはない。

わたしの言葉に、んー……と、少し考えるような仕草をすると、ギルフォードは「ちょっとした陽動作戦を考えました。アルマには重要な役をお願いしたくて」と言った。

陽動作戦……どうだろう。お兄様にそんな重要な役が本当に務まるのだろうか？

……先行きがほんの少し心配になってしまった。

第七章　玉座の行方（ゆくえ）

宮殿の正門前で大声を出し騒ぎ立てる声が聞こえる。あれはわたしのとてもよく知った声で、なんなら毎日聞いていた声だ。

「いいか、俺の妹、コートン男爵家のステラが帰る途中の馬車の中から突然消えたなどと言ってきたのは家の御者（ぎょしゃ）なんかじゃない、宮殿の御者だったんだぞ！」

「ですから先ほどから何度も申したとおり、それは宮殿の者ではなく、他所（よそ）の……あの日は突発の緊急議会があったために馬車がいたるところで渋滞をして、ぐっ……」

騎士の声が詰まった。アルマお兄様が騎士に掴（つか）みかかったのではないかとハラハラする。

「それは話が違う！　家の御者は宮殿から指示された馬車溜（だま）りで襲われたと言っていたぞ。しかも、それがバレないようにご丁寧（ていねい）に移動させられた馬車の横に置き去りにされて……ようやく昨日目が覚めて証言したんだ！　ここに誘拐魔がいるに違いない！」

「しかしそれが宮殿の御者とは証拠がなく……」

朝早くから、すったもんだと押し問答、本気で押したり引いたりしながら正面扉を守る騎士たちと言い争いをしているお兄様の声がけたたましく響く。

　正門から少し離れた外の壁際でギルフォードとわたしの二人は、身に着けたローブのフードで顔を隠しながらその様子をうかがっていた。想像はしていたものの、お兄様のあまりの強引さに冷や汗が出てきてしまう。

　そこにお兄様の隣で腕を組み並んで立っていたチェスター様がここぞとばかりに加勢する。

「はあ？　我がテイラー伯爵家の者がはっきりと見たと言っているのに、証拠がないと？　そりゃあねえだろう。なあ、アルマ」

　さすがに高名なテイラー伯爵家の一員であり、魔法騎士団副団長のチェスター様に対して強気に出られないのか、どうにも正面扉を守る騎士も及び腰に見える。

「そうだ。つまりステラが宮殿を出たという証言そのものが嘘だったということじゃないか」

「い、いいえ……ですから、少々お待ちください。今、責任者を……」

「いいから、俺の可愛い妹を返せ！　ここに、宮殿にいるのはわかっているんだーっ！」

　……ちょっと、それ以上騒ぎすぎると騎士に捕まっちゃうんじゃない？

　いくらなんでも加減というものがある。陽動にといっても、あれではやりすぎだ。もしも騎士が剣を抜いたらと、ヒヤヒヤして仕方がない。

「ギルフォード様、お兄様は大丈夫でしょうか？　やっぱりチェスター様だけでなく、お兄様にもある程度は教えておいたほうがよかったのでは？」

　ギルフォードは今朝早く、それこそ夜が明ける前にお兄様に宛てて魔法通信紙でわたしが宮殿の中に留め置かれているらしい、と伝えた。それを見た瞬間、取るものも取らずに飛び出したお兄様は宮殿に直行しわたしを出せと騒ぎ立てたのだろう。

そこに前もって話を通してあったチェスター様が乱入して、宮殿正面扉もまだ開かぬほどの早朝からこういった状況になっている。

「そこは大丈夫ですよ。ああ見えてチェスターは剣の腕なら僕よりも上ですから、アルマに危険は及びません」

チェスター様は魔法だけでなく剣の腕もいいのね。

〝剣技〟のギフトを持つアーノルド殿下ほどではないにしても、魔法騎士団の副団長なのだからそれなりのものなのだろう。

それを聞いて少しはホッとしたものの、依然としてまだお兄様たちのやりとりは続いている。

「まあ、アルマ一人でもそうそう負けそうもありませんが」

ギルフォードは苦笑いをしながらお兄様たちの様子を覗き込む。

そんなことをいっても、少し体格のいい程度のほぼ商売人兼貴族のお兄様が護衛騎士に敵うわけがない。できるだけ落ち着いて、と心の中で祈る。

宮殿入りを待つうちに騒ぎを聞きつけた人たちでだんだんと周りを囲む数が増えてきた。

正面扉が人の波で隠れてしまうと、これ以上は騒動を広げられないと、正門の護衛騎士までが仲裁に入りにいってしまった。

それを合図に「では、この隙に行きましょうか」とギルフォードが言う。コクンと頷き、わたしたちはさっそく行動に移した。

「東や西の居住区に向かうのならばいくつかの隠し通路を使用できますが、中央——国王の玉座に向かうには、正門横の壁下からの隠し通路をいくつか抜けていかなければ入ることができません」

前もって説明を受けていたように正門から中に入ると、そのすぐ横の壁に手を当ててギルフォードが呪文を唱える。屈んで隠し通路の扉をくぐると、一瞬にして外の景色がほの暗い石壁に変わった。

人通りが多くあり、早朝でも人気の絶えない正門から正面扉までの間を、誰にも見とがめられずにこの隠し通りを使うため、お兄様への連絡を遅らせて騒ぎ立てるように利用した形になる。心配してくれているお兄様に「ごめんなさい」という言葉を心の中で呟いてから、わたしたちは中央へ続く道に進んでいった。

「アルマはすばらしくいい仕事をしてくれました。あれならば宮殿内の騎士も幾人かは釣られて出てくるでしょうね」

「……貴族としてはどうかと思いますけれど。むしろこれからが心配になってきました」

隠し通路の中を歩きながらつい本音がこぼれてしまう。

宮殿であれだけ騒ぎを起こしてしまえば、これから貴族としてまともな扱いをされるかどうかが気になってしまう。

ただ自分が大好きな人たちを守りたいからアーノルド殿下たちの計画を潰したいのに、逆に迷惑をかけてしまうのはどうなのだろうか、と。

そんな考えを見透かしたように、ギルフォードはわたしの肩に手を置いた。

「兄上たちはステラが宝石眼の乙女だと知った時点で、コートン男爵家をどう処理するかを考えたでしょうね。爵位剥奪……最悪は取り潰しもありえます」

「……そこまでなさるでしょうか？」

「思いどおりに扱うためだけの〝宝石眼の乙女〟の家族を放っておくことはありません。イリニエーレ様の生家であるビエランテ辺境伯家とは立場も状況も違いますから」

そんなこと……。そう言いたかった。でも、彼らならばやりかねない。

ここでわたしたちがアーノルド殿下たちの計画を止めなければ、宝石眼であるわたしは彼らのいいようにされてしまうだけ。

「それにもし、ステラの宝石眼がアーノルドたちにバレて監禁されていたとありのままをアルマに伝えてしまえば、あんなものではすまないでしょうし……。宮殿の中に殴り込んで暴れ回るよりはましでしょう？」

……そのとおりです、はい。

「とにかく、今は打ち合わせどおり玉座の間へと急ぎましょう」

「……わかりました！」

玉座の間は国王陛下と宰相にしか開けることのできない魔法が掛けられていると、昨日ギルフォードに教えてもらった。即位式にて魔法契約をすることで新国王のものとなり、退位し陰王となった元国王にも開けることができなくなるそうだ。

宰相は任命時に許可を受け、陛下に不測の事態が起こったときにだけ代わりに玉座の間を開けることができるようになっているのだと。

『――本当はステラを宮殿に連れて行くような危険な真似はさせたくないのですが、なにぶんアーノルド兄上たちに知られないよう陛下に目通りするには玉座の間しかなく……』

打ち合わせの途中でギルフォードは不本意そうに眉をひそめながら言った。

魔法でガチガチに固められ、本来なら絶対に出入りできない場所に入るのは、魔法が効かない宝石眼の乙女だからできることだというのは、どんな小さな子でもわかる。

当然わたしだって承知してギルフォードについてきた。だから彼が心配してくれる気持ちはありがたいのだけれども、わたしは自分のすべきことをする。

それにこれはわたしの願い。わたしが自分のためにそうしたいから、ギルフォードにお願いしたことのはずだ。

「この時間ならば陛下は謁見室に繋がる玉座の間にいらっしゃるはずですので、そこで陛下へ上奏します」

「けれど、本当にもう陛下がいらっしゃっているのでしょうか」

こんな早朝の時間帯に、陛下が玉座の間にいらっしゃるというのもおかしな話だ。臣下が誰もいないときに国王陛下がわざわざそこにいる必要もない。

確認のつもりで繰り返すと、ギルフォードは一度ギュッと強く目を瞑(つぶ)ると素早く真(ま)っ直(す)ぐに前を向いて答えた。

「はい。陛下は宮殿で目覚めて支度を終えたら、まず玉座に着きます。それが陛下の日課だと……母上に聞いたことがありました」

グロリアナ妃殿下が……。それならば黙って彼の言うとおりにしよう。

妃殿下が亡くなられてから、ギルフォードは陛下のことを〝お父様〟と呼ぶことはなくなり、仲良く語らい合う姿も見かけることはなくなった。そのうえ成人後はほとんど顔すら合わせなくなっていたと彼は言った。

それでも陛下の習慣のことは忘れずにちゃんと覚えていたのだ。

口ではわたしの意思を尊重するためだと言っていたが、きっとギルフォードも陛下のことを国王としてだけでなく、父親として心配してここにいるに違いない。

見当違いだと言われても、わたしはそうだと感じていた。そして、ただ黙々と進むギルフォードのあとを、彼に遅れないようについていくことだけを考えた。

隠し通路を何度か移動し、ようやく目当てである最後の扉の前に立つ。わたしは、どうか国王陛下が話を聞き入れて、アーノルド殿下たちを諭し、罰してくれることを祈る。

悪い方ではない。むしろ王として国と国民のことを常に心掛けている方だと思っている。

しかしながら、ずっとアーノルド殿下を王太子としての立場におきながらも飼い殺しのようにただ時を過ごさせていた陛下にもそれなりの良くない点はあったはず。

なんとかして話を聞いてもらわなければ。彼らが本当に計画を実行してしまう前に……。

ギルフォードと手を繋ぐと一緒に玉座の間の扉に手を掛けた。

すると何の問題もなく静かに扉が開いていく。勿論宝石眼の乙女の特性上、当然のことなのに、どうにも違和感を覚えてしまう。

なんだろう、これ……。あまりにも、何もなさすぎて変な感じがする。

魔法が干渉すると目薬の効果が薄れるようだとギルフォードから教えてもらってから気がついたことがある。魔法で攻撃や拘束されそうになったときはいつも目が妙にチカチカしていた。

多分それが効果を打ち消している現れなのだろう。

それが今、強固な魔法の掛けられた扉を開けたはずなのに、そんな感覚は一切なかった。

……もしかして、今この扉には魔法が掛けられていない？

「あの、ギル……」

「よう、ギルフォード。一足遅かったな」

ギルフォードへ伝えようとしたその瞬間、声が掛けられた。とても尊大で高慢な、聞き覚えのある声が。

声のした玉座へ顔を向けると、そこにはガルドヴフ国王陛下の姿はなく、アーノルド殿下が陛下の王笏を片手に玉座の前に立っていた。

それを見て、ギルフォードはわたしを隠すようにして前に出る。

「アーノルド兄上……！」

「父上は昨晩宮殿に戻ってきたところを捕縛して魔法封じの塔へ入ってもらったぜ。どうやらお前に連絡は届かなかったようだな」

アーノルド殿下の言葉にギルフォードは歯ぎしりをする。殿下には間諜を付けていたということだったが、もしかして……。

「……いったい何をした？」

「はっ、金を渡してやっただけだ。はした金で裏切られるとはお前も大して人望がないな」

アーノルド殿下は顔を歪めながら笑う。上がった口角に酷く皺が寄っている。

「本当に気分は最高だ！　玉座は手に入り、お前も出し抜けたのだからな」

ハッハッハ、と笑い声が耳に響くなか、ギルフォードは冷静さを失わないようギュッと拳を握っていた。

「兄上、何をしているのかわかっているのか？　――これはクーデターだ」

ギルフォードのいつものような丁寧な言葉遣いが強く厳しい言葉になり、その怒りがビリビリと伝わっている。それでもアーノルド殿下は意に介さずへらりと笑うと、突然王笏を床にガンガンと叩(たた)きつけ始めた。

「クーデター？　どこが？　俺は俺の正当な権利を行使したまでだ。いつまで経(た)っても王位に居座り続ける父上のほうがよほどこの国を私物化しているぞ」

クックック。アーノルド殿下の笑い声に呼応するように王笏の金具がジャラジャラと、静かな玉座の間に響き渡る。

「父上に帯同していた騎士団のヤツらが俺の前でどれだけ無様だったか、お前にも見せてやればよかったか？　俺の〝剣技〟でヤツらがヒイヒイと泣き叫ぶ姿は一見の価値があったぞ。……本当に、俺を、今までコケにしやがって。……畜生！　ああ、はっはっ。土下座で命乞いする姿は面白かったがな」

アーノルド殿下は嘲(あざけ)るようにそう言うが、たとえ彼のギフトが強大で騎士たちを圧倒したとしても、あの豪胆な陛下や王国騎士団長、そしてその精鋭である騎士たちがそこまでの姿を晒(さら)すわけがない。

それに言っていることもおかしい……。

元々傲慢(ごうまん)な人ではあった。でも、これほどまでに支離滅裂な人ではなかったはずだ。むしろ以前の彼よりも言動が幼くなっている？

いったいこれはどうしたのだろうか、とギルフォードの後ろからアーノルド殿下の様子を見ようと顔を出した。

「ん？　おお、宝石眼の乙女じゃないか。やっぱりお前らは繋がっていたんだなあ、ギルフォード。姑息なヤツめ。だが残念だな、お前のものはもう何一つ残ってないぞ」

「姑息とは、夜中に襲いかかり監禁し、無理やり王位を簒奪するような男にこそふさわしい称号ではありませんか、アーノルド兄上？　──まるで山賊のようですね」

「はぁああ!?　うるさい、うるさい、うるさいっ！　俺のものをどうしようと、俺の勝手だ！」

ギルフォードの煽りに一瞬で沸騰したアーノルド殿下は持っていた王笏を投げ捨て、自分の腰の剣を抜いた。宝石が敷き詰められた煌びやかな柄に負けないほど光り輝くその刃が向けられると、恐怖のあまりに一歩後ずさってしまった。

そんなわたしを庇うようにギルフォードが前に立つ。

「彼女は宝石眼の乙女などという名前ではありません。ステラです。勿論兄上のものでもありません。理性と共に記憶力までなくしましたか？」

「いいや、俺のものだ。その宝石眼とて、俺のものだ。さあ、こっちに来い。俺の正妃にしてやる。そうすれば愚鈍な国民は黙って俺にかしずくだろうからな」

「なっ……。王族がそんなことを言ってはいけません……」

〝王族とはすべからく国民を許容し情けを与えるものであると共に、彼らから尊敬と畏敬を与えられるものでもある〟とは三代前の国王の教えだ。七歳で宮殿に入ったとき、真っ先に教えられた言葉でもある。

その言葉を聞いたアーノルド殿下は、憎々しげな瞳でわたしを睨んだ。

「は、お前もイリニエーレと同じようなことを言うのだな。忌々しい。ものわかりのいい女みたいな顔で父上や母上から信頼され、いつもいつも比べられるのが本当にうざかった」

そんなことを言われても……。

「だがそれよりも腹立たしかったのはギルフォード、お前だ。父上に気に入られているからといっていい気になりやがって」

「いい気になるとはどういうことでしょうか？」

溜息交じりのギルフォードの言葉に煽られたように、アーノルド殿下はさらに気持ちを高ぶらせた。

「俺が父上の生誕祭で初めてギフトの〝剣技〟を披露したとき、褒めるどころか溜息をつかれた。そして説教までされた、あの悔しい気持ちがわかるか？　それなのにお前は何のギフトかもわからないくせに、ただ小さいだけで可愛がられていただけじゃないか！」

それは違う。アーノルド殿下が言っているのは、おそらく彼が十歳の生誕祭のことで、イリニエーレもその場にいた。

けれどもあれは披露などというものではなく、剣技を見せつけるための一方的な加害行為でしかなかった。相手をした若い騎士たちの骨が折れ、血が流れたにもかかわらず、アーノルド殿下は自分のギフトに酔いしれていた。

加減を知らない子どもが、初めて手に入れた力を誇示したいだけのショー。だから国王陛下が彼に『おぬしにはなにもわかっていない』と苦言を呈したのだ。

「皆言っていた。俺のギフトは全て（すべ）を一刀両断できると。俺のギフトは強い。三代前にも匹敵するってな。そうだ、父上自慢の息子は俺なんだ……！」

どうやらアーノルド殿下はそんな陛下の気持ちも汲（く）めぬままこじらせてしまったようだ。ギルフォードも呆（あき）れたように顔をしかめている。

「しかもあれ以来、父上は俺が何をしても眉をひそめるようになった。もう一度俺のすばらしい剣技を見てほしいと頼み込んでもな」

ギリリと歯ぎしりの音がここまで聞こえてきそうなくらいに顔を歪めながら言葉を続ける。

「母上には止められていたが、どうしても父上に言いたいことがあり、西側の庭へと入り込もうとしたとき、お前ら親子には俺たちにも見せたことのないような笑顔を向けているのを見た。魔法で遮られ、美しい庭の向こう側に近寄ることすらできなかった俺の絶望感ときたら……」

それこそギルフォードのせいじゃないのに……。

手にした剣を片手でヒュンッと音が出るほどに振り下ろすと、アーノルド殿下は見下すような瞳でわたしたちを見据えた。

「俺よりも父上に愛されるヤツは許さない。ギルフォードもイリニエーレも、全て俺よりも下のくせに図々しい。だから俺は何をしてもいいんだよ！」

初めて知った、アーノルド殿下の真意に唖然とする。イリニエーレはこんな人の態度であれだけ悩んでいたの？

怒りの感情さえ湧かないまま立ち尽くしていると、ギルフォードが目の前に投げ捨てられた王笏を拾い、わたしに手渡した。

「持っていてくださいますか？　こんなものでもあとで役に立つかもしれません」

こんなものって……。レーミッシュ王国の王笏は即位の式で絶対に必要なものだ。しかも、中心に埋められている竜石の一つは、小さなものだが古代竜のものだと言い伝えられているのに。

そう反論しようと思ったのに、ギルフォードの顔を見て言えなくなった。

一見すると静かに微笑んでいるようにも見える。しかし絶対にこれは怒っている。ピシッと厚い氷にヒビが入るような緊張感が走る。もの凄く、怖い。

コクコクと黙って頷きながら王笏を受け取ると、ギルフォードはアーノルド殿下へと向き、自らも剣を抜いてゆっくりと前に出る。

「では、自分も勝手をさせていただきましょう。守りたいものを守らせていただきます」

そんなギルフォードのことを嘲笑いながらアーノルド殿下は再び剣を横に振った。

「お前が？　魔法の才能くらいしかない、コネで団長になった程度のくせに、俺のギフトに敵うと思っているのか？　言っておくが魔法攻撃無効のコイツを持っているから、魔法を掛けようとしても無駄だぞ」

首元にぶら下がる大仰なペンダントは、元々国王陛下が身に着けていたものだ。どれもこれも奪い取ってしまったのだろう。アーノルド殿下の陛下への執着を感じてしまった。

アーノルド殿下は剣を両手で持ちながらジリジリと距離を詰めてくる。ギルフォードはその間合いを見つつ、剣を静かに前に向けた。

ギルフォードは魔法騎士団長を任されているほどだから剣にも自信はあると思う。しかし、魔法攻撃が無効になってしまうと、実際はどうなのだろう。前世で見たことがあるアーノルド殿下の〝剣技〟は、剣の腕前だけなら模擬試合で騎士団長すらも圧倒するほどのギフトだった。

そしてギフト自体は魔法の干渉を受けつけない。そうなるとこれはギルフォードには随分と不利になってしまう。

「ギルフォード様、無理はしないで！」

わたしの声が聞こえたのか、彼は軽くこっちを振り返ると「大丈夫です」と返す。

その一瞬をアーノルド殿下が見逃すわけもなく、タンッと床を踏みしめる音と共に、沈み込むほどに体を低くして一気に飛び込んできた。

速い！

そう思ったときにはすでにギルフォードのお腹の辺りに剣が横走り、振り抜かれた剣先がキラリと光った。

「ギルフォード！」

最悪の想像をして叫ぶわたしの声が玉座の間に大きく響く。預かった王笏を握りしめる手に力が入った。

しかしギルフォードはアーノルド殿下の振るった剣よりも速く後ろに下がっていたため、かすったのはここへ入り込むために着ていたローブの一部だけだった。ギルフォードが破れたローブを脱ぎ捨てると、魔法騎士団の青い制服が現れる。

「はんっ、逃げ足だけは速いな」

確実に仕留めたと思っていたのだろう、少し苛ついたように見える。ギルフォードはそんなアーノルド殿下の様子を一瞥すると、フッと鼻で笑いながら肩をすくめた。

その仕草に殿下は一瞬でカッと頭に血がのぼったようだ。剣を大きく振り上げると一気にギルフォードへと襲いかかった。

闇雲に振るっているようで、殿下の剣はギルフォードを攻めたてる。キン、キンと剣を合わせる音が次第に強く、大きなものに変わっていく。

「やい、逃げるな！　ギルフォード！」

大きくに振られる剣をギルフォードが上手く躱している間に、はあ、はあ、と息の切れる音が混ざるようになる。初めは笑い嘲っていた声に、いつの間にか焦りが見え始めた。

振り下ろした剣をいなされ手で肩を押されると、ふらつき先に床に膝をついたのはアーノルド殿下だった。

「正々堂々と勝負をしろ！　そんなに俺と剣を合わせるのが怖いのか？」

ぜえぜえと息を切らしながら、もう何を言っているのかもわからないような悪態が口から吐き出される。

ギルフォードは今、魔法も使わずに剣だけでギフト持ちの殿下に渡り合っている。むしろ魔法攻撃無効のペンダントに頼っている殿下のほうが卑怯なのではないかと言ってやりたい。

「俺は……俺の剣技が、お前なんかに負けるわけが、ない……」

「いくらギフトがあるからといって、日頃何の訓練もせずに遊び歩いている兄上が、最前線で魔物と戦う自分に敵うとでも本気で思っていたのですか？」

そう言ってギルフォードは容赦なく殿下に近づくと、上から蔑むような目で見下ろし、指をクイッと上げて「来い」と挑発をした。

「……この、野郎！」

完全にキレたアーノルド殿下が、ギルフォードの脱ぎ捨てたローブを拾い上げると、彼に向かって投げつける。

ふわりと舞ったローブがギルフォードの視界を遮ったそのとき、最初の攻撃よりももっと下からアーノルド殿下の剣がギルフォードの足を狙って突き出された。

「いやぁ……！」

叫び声と同時に「ぶぎっ！」と何かが潰れるような音がしたと思えば、頭からローブをすっぽりと被ったアーノルド殿下がギルフォードの剣の鞘で体ごと床に叩きつけられていた。

「正々堂々は、こっちの台詞です。遅すぎて兄上の姑息な動きは丸見えでしたが」

ひっくり返っているアーノルド殿下が聞いたら、もう一度襲ってきそうなほど酷いことを口にして、ギルフォードはわたしに向いた。

彼が勝ったことに安堵してその場にへたり込む。震えて足が動かないわたしの元へ慌てて近づいたギルフォードがそっと手を差し伸べてくれた。

「ね、大丈夫だったでしょう、ステラ」

大丈夫だとは信じていた。だってギルフォードがそう言ったから。彼はわたしに嘘はつかない、絶対に信じている。ただ、勝手に怖がっていただけだ。

「はい、でもできればもうあまり無茶なことはしないでください。心配してしまいます」

胸が痛くて、痛くて、怖くて。ギルフォードがいなくなってしまったら、わたしは……。

手を取りながらジッと顔を見つめる。彼がどうかなってしまったらと思うだけでまた足が震え出す。

それ以上は言葉にできなかった。でも、彼には気持ちが伝わったようで、手をギュッと握って「ステラがそう言うのなら」と、約束してくれた。

王笏を握り直し立ち上がる。これからアーノルド殿下を起こして、国王陛下を魔法封じの塔から救出しにいく。

塔内は網目のように細かく広がる通路と無数の檻（おり）を有するため、人一人を捜そうとするのなら檻の中へ入れた者を連れて行くのが一番手っ取り早いそうだ。

「では、陛下を捜しにいきましょう」

そう言ってアーノルド殿下の倒れている方を見ると、いつの間にか現れていたマクシム様が殿下の横で両手を前に合わせて静かに立っていた。

「マクシム様……あなた、いつの間にここへ」

「申し訳ありませんでした。ギルフォード殿下、そしてコートン男爵令嬢」

わたしたちへの謝罪を口にしながら深々と頭を下げるマクシム様。

「アーノルド殿下のおっしゃるとおりに行動しましたこと、全て私の罪でございます。あまりにも不遇な立場に置かれている殿下がお可哀想（かわいそう）で自ら手をお貸ししました」

真っ直ぐな眼差し（まなざし）で訴えるマクシム様の声は真剣そのもので、どうみても主君を思う臣下そのものだ。

「今回の計画、殿下の発案ではあるものの、計画は全て私の責任で実行いたしました。許されることではありませんがどうか、アーノルド殿下におきましては寛大なご配慮を陛下に陳情してはいただけないでしょうか。何卒よろしくお願いいたします」

とても丁寧に、アーノルド殿下の免罪を嘆願してくる。しかし、なんとなくはっきりとしない違和感を覚えてしまう。

いったいそれはどこだろう？　何かが違う。何かがおかしい。

悩んでいる間にもマクシム様の謝罪は続く。このまま話を聞いていても、時間が取られてしまうだけではないかとギルフォードと顔を見合わせる。

すると彼もそう思っていたようで、マクシム様の謝罪を遮るように声を掛けた。

「とにかく続きは陛下を救い出してからだ。少なくともアーノルド兄上が陛下を幽閉したことには変わりないのだから、その罪が消えてなくなるとは思わないことだな」

とても冷たいその声は、はっきりとは口にしていないがアーノルド殿下のことを切り捨てる気でいることは間違いないように聞こえた。

マクシム様は納得いかないかもしれないが、これはどうしようもない。

そう思いながら一瞥すると……なぜか彼の手ばかり目についてしまう。

「ああ、それは困りましたね。ええ……」

まるで困ってなどいない口調でマクシム様は、スッと胸元から一枚の紙を取り出した。

「それでは、計画賛同者の証拠としてこちらを提出させていただきます。少しでも再考いただけるようならばぜひともお願いします。お受け取りください、宝石眼の乙女」

「え、証拠？　賛同者ですって？」

まだ誰か関与している人間がいたのだろうか？

驚いたわたしは、マクシム様の白い手に誘われるようについ手を伸ばしてしまった。

「ダメだ、ステラ！」

瞬間、庇うように前に出たギルフォードの腕を、素早い動きでマクシム様が掴んだ。

ああ、そうだ。何かがおかしく感じたのは、ほとんど人前で外すことのないマクシム様の黒い手袋がその手についてなかったからだ。

しかしそれに気がついたときにはすでに遅かった。

「しま……った……！　ステラ、に、げ……て」

ギルフォードは切れ切れにそれだけ言うと、グラリと頭を揺らし、膝からバタッと崩れ落ちるように床に倒れてしまった。

「え……何⁉　ギルフォード様……どうしたの？　ねえ！」

突然の出来事に、驚きすぎてどうしたらいいのかわからずに慌てふためく。

王笏を横に置き、倒れて眠ってしまったかのようなギルフォードの頭を自分の膝の上に乗せて声を掛ける。それでも意識を戻さない彼の頬（ほお）を叩きながら必死に名前を呼んだ。

いったい何が起こったの？　マクシム様が、ギルフォードを触ったから？　素手で？

それは……まさか——ギフト？

「はぁー……。一気に力を叩き込みましたので、少々疲れました。でもおかげでギルフォード殿下も良い夢を見られていることでしょう。……アーノルド殿下と同じように」

「待って、夢って……もしかしなくても、それがあなたのギフトなの……？」

「はい、宝石眼の乙女。私のギフト〝夢幻〟です。これは、いついかなるときでも、私が直接触ることによって、思うようにその人に夢を見せることができるギフトです」

ギフトは一人に一つずつ与えられるものだけれども、とても強大なものから役に立つのかどうかわからないものまでその種類は千差万別だ。

だからこそ強いギフトは、どんなものでどういった発現をするのかを秘密にする者も多い。

実際、ギルフォードの〝祝福〟がそうだった。

もしもマクシム様のギフトが、彼が今言ったとおりに起きている者にも強制的に夢を見せることができるものならば、それも使いようによってはとんでもなく強力なギフトだ。簡単に言ってしまうと、このギフトがあれば何をしても夢だと思い込ませることができるし、夢を使って人を思いどおりに動かすこともできてしまう。

それを、ギルフォードに……？

ゾッと背中が一気に冷たくなった。強制的に夢を見せられるということは、無理やり眠らせると同義だ。それが可能ならば、起きることなくずっと夢を見させていることができてしまう

のでは？　そんな最低で最悪な可能性を考えてしまった。

わたしの表情を見たのか、マクシム様は笑みをさらに深くして笑った。

「さすがは宝石眼の乙女ですね。アーノルド殿下などよりもずっと頭が回るようで嬉しいですよ。ええ、お望みであれば衰弱死するまで夢を見続けさせることも不可能ではありません」

「……そんなっ！　ギルフォード様！　起きて、返事をして！」

ギルフォードを夢から覚めさせようと、必死に呼び掛けるがピクリともしない。それでもわたしは彼に覆い被さって名前を呼び続けた。

マクシム様は腰を曲げ、ひたすらギルフォードの名前を呼ぶわたしの耳元で「無駄ですよ」と囁いた。

強力なギフトほど制限は多い。ギルフォードの〝祝福〟が願いの大きさに比例して代償が大きいのもその一つだ。だとしたら、絶対にギルフォードを助けるチャンスがあるはずだ。

顔を上げてマクシム様をキッと睨みつけると、彼はどこか興奮したように震えている。

「それほど気になるのなら一つだけ教えましょう。本来ならば強い精神力を持つ方ほど夢に対する耐性があるので、夢に踊らされにくく覚めやすいのですよ」

ならばむしろギルフォードが夢から覚める可能性は十分ある。わたしは彼が目覚めるまで呼び続けるだけだ。

「ギルフォード様……起きて、早く！　お願い！」

何度も何度も、ギルフォードの名前を呼んだ。彼の頬に手を当ててさすり、呼ぶたびにこぼれ落ちそうになる涙を飲み込む。早く目を覚まして、わたしを見てと祈りながら、何度も。

ひたすらギルフォードの名前を呼び続けるわたしをからかうように、マクシム様がカンカンっと踵で床を叩いた。

「しかし、殿下の夢は特別製ですのでどうでしょうか？　そのうえ私の持つ力をほとんどつぎ込みましたから、そうそう簡単に覚めることはありません」

彼の言葉に思わず顔を上げる。

「特別製って……どういうことなの⁉」

「ギルフォード殿下には深い深い夢の中で、二度と夢から覚めたいとは思わないほど幸せな夢を見ていただいています。幼い頃の幸せな記憶とは抗えないものですよ」

……え？　まさか、グロリアナ妃殿下の夢？　だとしたら、ギルフォードがなかなか夢から覚められないのも無理はないのかもしれない。でも……。

「それでも、わたしは諦めません。ギルフォード様は絶対に戻ります」

わたしが続けて名前を呼ぶと、マクシム様は「はぁー……」と大きな溜息をついた。

「ギフトに宝石眼の力は効かないのはわかっているでしょうに。……本当に宝石眼の乙女という者は扱いにくくて対処に困ります」

遠くを見るような彼のその瞳は、目の前にいるわたしではなく、まるでイリニエーレのことを言っているような気がした。

しかしアーノルド殿下の側近とはいえ、マクシム様とはあまり接点がなかった。なぜこんなふうに懐かしく思われるのか不思議でならない。

「けれどもあなたはまぎれもなく宝石眼の乙女です。ですので、私が王位についた暁にはぜひとも正妃になってもらわなければ困ります」

「!? いったい何をどうすれば、そのようなことになるのですか？」

言い伝えは、王家に宝石眼の乙女が入ることが国家に豊穣の恵みを与えるのであって、宝石眼の乙女の伴侶が国王になるわけではない。

だから、マクシム様の荒唐無稽な話には驚くだけで全く納得できるところはなかった。

「そ、そもそもマクシム様にはそんな……」

マクシム様のライド伯爵家は古い家柄ではあるものの、そこまで力のある家系ではない。だからこそアーノルド殿下の側近に早くから選ばれたはずだ。

「私の高祖父は元々国王になるべき方だったそうです。血筋、魔力、そして清廉潔白な性格と、どれをとってもすばらしい人物であり、国王にふさわしい方だったと祖母から聞かされました。だが残念なことに宝石眼の乙女を妃にした弟に王位を奪われ早世してしまったのです……」

……これは三代前の国王陛下のことだ！

宝石眼の乙女を正妃にされた三代前の国王陛下には同母の兄王子がいたと、妃教育で勉強した覚えがある。

「……だから王族の隠し通路にも入ることができたのね」

ぼそりと呟いた声をマクシム様は嬉しそうに拾う。

「ええ。呪文はアーノルド殿下から教えていただきました。私も王族の血縁ですので」

おそらくそれもギフトを掛けたに違いない。マクシム様は当然の権利のように言ったが、現王家とは血が遠いからあれだけ時間がかかったのだということに気がついているのだろうか。

しかも昔聞いた話はまるっきり逆で、王者の器ではなかった兄王子は廃嫡されたのだ。

勿論、王家の正統性を掲げる国史に誇張された歴史がないとはいえない。けれどもイリニエーレが読んだ宝石眼の乙女の日記の中にも同じような話が書かれていた。

「祖母は祖父が王位につけなかったのは同母弟が宝石眼の乙女を正妃にしたせい。宝石眼の乙女が全ての元凶だと、死ぬ瞬間までそう私に言い聞かせ続けたのです」

「……嘘、それは違うわ！」

その兄王子は……宝石眼の乙女を正妃にした弟王子を羨み、妬み、殺害して王位と共に宝石眼の乙女を奪い取ろうとしたけれど失敗して、幽閉されたことが原因で早世したのだ。

わたしの否定の言葉を鼻で笑うと、マクシム様は軽く瞳を閉じながら、何かを思い出しているように語り出す。

「ですから私は、祖母の願いどおりにいたしました。アーノルド殿下の側近になってからというもの、この〝夢幻〟のギフトで、宝石眼の乙女がいかに殿下のためにならないか、どれほど酷い存在なのかを見ていただき、徹底して避けるようにしてきました」

ええっ!?　……そんな、アーノルド殿下がイリニエーレを毛嫌いし、蔑んできたあの態度は、マクシム様のせいなの……？　陛下からの愛情を取られたと思い込んだだけではなく。

ものごころもつかぬ前に決められたこととはいえ、どうしてこれほどまでに嫌われるのか、悩んで、悩んで、心が折れてしまった日々を思い出す。

あれが、全てイリニエーレの知らぬところで起きていたことだっただなんて……。

ぽとり、と勝手に涙が落ちてしまった。それが膝の上で眠っているギルフォードの頬を伝って流れていく。

「その甲斐ありまして、アーノルド殿下にイリニエーレ様を蛇蝎のように嫌わせることができました。おかげで少々子どもじみた性格になってしまわれましたが……副作用でしょうかね？」

まあ、どうでもいいことです。と、興味なさげに吐き捨てた。

アーノルド殿下が年齢のわりに癇癪が酷く子どもっぽいままだと感じたのは、マクシム様のギフトのせいでもあったのか。

「しかしながら、そうした扱いを受け続けながらも、イリニエーレ様は高潔で美しかった……」

マクシム様は胸に両手を当てて、うっとりした表情でほうっと息を吐く。彼のその姿に鳥肌が立つ。

「あの方は祖母が話してくれた宝石眼の乙女とは思えないほど清らかで慎ましく、あれほどの逆境の中でも可憐に咲く一輪の花でした。それを、この男は、婚約者だというだけで隣に並び、イリニエーレ様を蔑んだ！」

マクシム様は横たわるアーノルド殿下のところ近づくと、いきなり頭を大きく蹴り飛ばし、ゴンッと大きな音を響かせた。

え、え？　おかしいでしょう⁉　今、自分でアーノルド殿下がイリニエーレを嫌うように仕向けたって言ったわよね。それなのに？　どうしてそうなるの？

マクシム様の考えが意味不明すぎて、背筋がゾッと寒くなる。何も言えなくて震えていると、彼はこちらを向いてもう一度にやりと笑った。

「――だから、毒を飲んでいただいたのです。イリニエーレ様が、この男から救済されるために、そして宝石眼の呪縛から解き放たれるために……」

…………え。

今……マクシム様はなんて、言ったの？　毒って……まさか⁉

「イ、イリニエーレに毒を飲ませたのは、ヒルデガルド様ではなかったの⁉」

「はっ、たしかに毒を用意したのはヒルデガルド様ですよ。彼女は少々身分が低く、アーノルド殿下からの寵愛も軽かったのですが、ロザリア妃殿下たちよりもよほど妃の座を欲していましたからね。しかし、それを使う度胸まではありませんでした」

あまりに衝撃的な話を聞いて、喉が痺れる。声が上手く出てこない。

それでも、これだけは聞かなければと、自分で自分の背中を強く押す。

「では……どう、やって？　彼女を身代わりにしたのかしら？」

「簡単でしたよ。アーノルド殿下たちの目を盗むのは大したことではありませんし、あとは毒を飲まれる寸前にギフトで一瞬だけ夢を見せただけです――イリニエーレ様に、このお茶は飲んでも何の問題もない、と」

……そうか。そのせいでイリニエーレは大丈夫だと信じてあのお茶を飲んでしまった！

〝植物鑑定〟して確認したことも、全てがマクシム様に見せられた夢だったなんて……。

ギフトはわたしの宝石眼にも干渉できない。だからできたことだ。

あの日覚えた違和感も、さっきと同じように普段手袋をほとんど外すことがないマクシム様が、素手でわたしに触ったことだったのだ。

「そのあとは、ヒルデガルド様がご自身で毒を入れたと夢を見せてしまえばそれで十分でした。少し強めに尋問されればすぐに自分が入れたのだと告白してくれました」

ふんふんっと、まるで鼻歌を歌うかのようにして楽しげに頬を染めるマクシム様。

「――これで私の愛によって、見事イリニエーレ様の魂が救済されたのです」

イリニエーレの毒殺を愛による救済だとしたこと、そしてヒルデガルド様に罪をなすりつけたことを悪びれもせず言い切るマクシム様の顔を見て、彼はもう正気ではないと思った。

イリニエーレを殺した身勝手な理由と一方的な愛を語るマクシム様に怖気がして仕方がない。

ただそれでも、これだけは言ってやりたかった。

「マクシム様、あなたのその愛は、愛なんかじゃない。そんなものはただの執着心です！」

そう、彼のお祖母様から受けた呪詛とイリニエーレへの淡い恋心を、歪ませて肥大化させた執着心。ただの身勝手でひとりよがりな感情でしかない。

わたしの言葉にマクシム様は一瞬呆けたかと思うと突然激高し、ガツガツと靴を叩きつけながら近づいてきた。そしてわたしの髪を掴み、グッと引っ張る。とても痛くて仕方がないが、そんなことを言っていられない。

「私の愛が身勝手だというのなら、そこで眠りこけている男はどうだというのです？」

「……え？」

「あなたは知らないのかもしれませんが、ギルフォード殿下がイリニエーレ様のことをずっと想い続けていたのは周知の事実ですよ。兄であるアーノルド殿下の婚約者であるにもかかわらず、頬を染めながらよくもまあ恥ずかしげもなくみとれているものだと笑ったものです」

そのことはギルフォードからもわたしのことを生まれ変わる前からずっと好きだったと告白されたので知っている。でも、そんなに他人から見てもわかってしまうほど好きだと思ってくれていたことは知らなかった。

「そ、それがどうしたというのですか？　そんなバカにするようなことではありませんよね。……わたしだってちゃんと聞いています」

「へえ」

マクシム様は面白いとでも思ったのか、わたしの髪から手を離すと、わざと傷付けるための言葉を吐いた。

「どうせ同じ〝宝石眼の乙女〟だから口説かれたのに？　あなたはイリニエーレ様の身代わりなんですよ。それが身勝手でなくてなんなんですか――つまりは、誰でもいいのですよ。その男にとっては」

ふざけないで！　ギルフォードのことを何も知らないくせに……！

「違う！　ギルフォードはそんなんじゃない！　彼はたしかに昔イリニエーレのことを好きだった。でも今はわたしのことをちゃんと愛してくれている。あなたのように自分の思いどおりにならないものを壊してしまうようなことなんかしない！」

最初から言ってくれていた。生まれ変わってもわたしのことが好きだと。そしてずっとわたしのことが好きだったと。ただ、わたしのことだけを想い、優しく包んでくれた。

そして今のわたし、ステラのことを愛しているのだと。

「そんなギルフォードだからこそ――わたしも好きになったの！」

そうよ、誰に何を言われたって関係ない。

いつでもわたしのことを考えて尊重してくれたギルフォード。少し強引だけれどもわたしが本当に嫌がることはしなかった。それどころか、いつもいつもわたしのことを気にしてくれていた彼。

大好きよ。ギルフォードへの想いがどんどんと溢（あふ）れ出てくる。彼をどうにかして助けなければという気持ちがわたしを強くしてくれる気がした。

「ギルフォードを目覚めさせてちょうだい！　早く！　そうしなければ、わたし……あっ」

その勢いでマクシム様にギフトを解除するように手を伸ばして迫ると、彼はその手を叩き落として「ふん」と見下すように言い放った。

「所詮（しょせん）は身代わりですね。イリニエーレ様のような高潔さが微塵（みじん）も感じられません」

そうして、床に叩きつけるようにわたしの肩を強く押した。ダンッと体が横に倒れると、膝に乗せていたギルフォードの頭も床に落ちる。マクシム様はギルフォードを一瞥すると、忌々しそうに足を上げた。

……ギルフォードが蹴られる⁉

そう感じたわたしは横に置いていた王笏を握りしめると、マクシム様に向かって思いっきり振り回した。

ガツッ！　と鈍い音がした。マクシム様の体が揺れて一歩後ずさる。王笏が当たった右手の甲からは血が流れ出ていた。

「……私の大事な手に傷を付けましたね。尊いこの身に……くそっ！　いつまでもこの男がいるから……」

マクシム様はなぜか傷付けたわたしではなく、ギルフォードを睨んだ。

「やめて！　ギルフォードを傷つけるくらいならわたしが代わりになる！」

初めてふるった暴力に手を震わせながらも、ギルフォードを守らなければという気持ちでいっぱいになり、そのまま彼に覆い被さった。

すると、頭の中で誰かが囁く声が聞こえた。

〝――タスケタイ？　ソコノコ、ヲ？〟

「あ、あなたは？　誰っ⁉」

〝リュウ、タスケテ、イッテ〟

「え、竜？　本当に竜なの？　なら、助けて。わたしの、大好きな人なの。どうか、助けて」

〝――ナラ、ウロコヲ、アテテ、アゲテ。ハヤク〟

「鱗を、当てる……もしかして、竜って……竜石？　そんなもの……あ！」

王笏の宝飾として付けられている宝石は、古代竜の竜石だとも言われていた。多分、このことを言っているのだ。

これが本当に竜の声なのかなんてわからない。でもたしかグロリアナ妃殿下から聞いたアスベラル国のおとぎ話には古代竜と宝石眼の乙女の話があった。

　これならもしかしたら……。

　一縷の望みに懸けてわたしはギルフォードの額に王笏の竜石を当てた。

「お願い、目覚めて。ギルフォード、お願いだから、起きて、わたしを見て！」

　そう強く祈った。すると、わたしの体から何か鱗粉のようなキラキラとした光がこぼれだし、そして一気に溢れ出した。瞬間、パァッと周囲が光り輝き、それに目がくらんだのか、「ぐわぁっ！」とマクシム様の叫び声が響く。そしてそのまま崩れるように音を立てて床に倒れ込んだ。

　あまりの眩しさに驚いたわたしものけぞり倒れそうになったけれど大きな手のひらがわたしの腰をそっと優しく支えてくれた。

　もしかしてこれは――。

「ステラ、大丈夫ですか？　お待たせしてしまいましたね」

「ギルフォード……！」

　嬉しさのあまり、ギルフォードに飛びつきギュッと抱きしめた。ああ、ギルフォードだ。目覚めてくれたんだ。嬉しい、嬉しい、よかった。気持ちが溢れ出して止まらない。

「ちょっと……ステラ、あの……」

　普段とは逆転したみたいに、わたしの勢いに押されているギルフォード。

「待ってください」と、両手でグイッと肩を押され体から離れさせられてしまったので、今度はペタペタと頬を触って、ちゃんと起きているのかを確認した。

するとキュッと唇を噛みしめながら、顔を赤くして立ち上がった。

「あの、本当に少し待っていてくださいね。〝ドゥ・ドミナード〟」

ギルフォードが呪文を唱えると、一度に二つの光の縄が床を走る。そうしてひっくり返ったままのアーノルド殿下とマクシム様、二人の体に各々巻き付くと、ヒュルンと音を立てて重なり合う。頭の先から足のつま先までぐるぐる巻きにされ、どちらがどちらかわからないほど、まるで光る蛹のようなものがコロンと床に転がった。

一度にまとめて二人共拘束すると、こんなふうになるんだ……。

ひととおり拘束し終わると、ギルフォードはわたしの両手を取り、そっと立たせてくれた。

「あの……もう一度お願いしてもいいですか？　その、ハグを……」

「え、あ？　あっ……」

勢いで抱きしめたものの、我に返ると急にとんでもなく恥ずかしくなる。

ギルフォードが目覚めてくれたことは嬉しいし、よかったと心から思う。でも、わたしから彼に触れることは恥ずかしさが先に立ってしまって無理だ。

それにまだ、自分の気持ちもちゃんと伝えてはいないし……。

どうしようか、でも……期待を込めた目で見つめられると……。やっぱりどんなに大人になってもギルフォードのおねだりは断れない。

キュッと目を瞑って、えいやっとギルフォードの胸の中に飛び込む。すると、すぐに彼の腕に強く抱きしめられた。

胸の鼓動がドクンドクンと響いてくる。これはどちらの音だろうか？

わたし？　それともギルフォード？　ううん。どちらでもいい、多分二人とも同じくらいドキドキしているだろうから。

なんだかとても離れがたくて、でもいつまでもこうしていられずに、ゆっくりと二人の体が離れていくとギルフォードの切れ長の瞳の中に、うっとりと彼を見つめるわたしの姿があった。

わたし、こんな顔をしてギルフォードを見ていたんだ……。恥ずかしい。

思わず顔を背けてしまったわたしの耳元にギルフォードの息が当たる。ドクンと胸が跳ね上がった。

「ステラ、愛しています。知っていると思いますが、生まれ変わる前も。今も、ずっと」

「はい。わたし……わた……」

ああ、どうしよう。いいの、言っても？　告白なんて初めてだからなんと言っていいかわからない。深呼吸しながら、一生懸命考えていると、ギルフォードがクスリと笑った。

「あなたも、僕のことが好きでしょう？　ステラ」

う……え？

「聞こえました。夢の中でも、あなたが『そんなギルフォードだから好きになった』と言ってくれたのが」

わたしは飛び跳ねてギルフォードから離れると、慌てて手を振った。

「な、なんで聞いているんですか⁉　夢を見ていたんじゃないんですか？　マクシム様が言うには、『二度と起きたくないほど幸せな夢を見ている』って。だから、きっとギルフォード様は幼い頃のグロリアナ妃殿下の夢を見ているんだって思ったのに……‼」

勝手にそう思っていたけれども、ギルフォードの幸せな夢といえばそれくらいしか考えられなかった。彼のお母様と陛下と一緒にあの庭で過ごした幸せな思い出を……。

わたしが考えていたことを伝えると、ギルフォードは少しきまりが悪そうに頬を指で掻いた。

「いいえ。その、僕が見ていた夢とは……ステラとイリニエーレ様が同時に出てくるというものなので……」

……は？　なんで、そんな夢を？

「え、だってわたしたちは……」

同一人物ではないが、同じ魂を持つ生まれ変わり。つまり、二人同時に存在することは決してないはずなのである。

「はい。おそらくですが、マクシムは昔僕が好きだったイリニエーレ様とステラの二人をあてがっておけば、夢から覚めようとはしないと思ったのでしょうね」

下劣な考えですが。そう言って苦々しい表情を見せた。

ギルフォードに見せられていた幸せな夢が、わたしと一緒にいることだったと知って少しにやけてしまったが、昔好きだったイリニエーレという言葉にはモヤッとしてしまった。

マクシム様が勝手に見せた夢のことだし、自分の前世だけれど……。

わたしの小さな嫉妬を知ってか知らずか、ギルフォードはゆっくりと言葉を続ける。

「僕の目の前に二人が一緒に出てくるものだからすぐにおかしいと思ったのですが、魔法を使ってみても効果はなく、なかなか元に戻ってくるための決定的な策が見つかりませんでした」

マクシム様は持てるだけの力をギルフォードにつぎ込んだと言っていた。それだけに魔法が効かない強力なギフトを破るのは難しかったのだろう。

「もしかしたら、夢の中の一部を壊してしまえば出られるのではないかと思いはしたのです。ただ、いくら本物ではないとしても、あなたの形をしたものを傷つけることができなかった。ですが……竜が……」

「え、竜？　……それって」

もしかして、わたしが聞いた竜らしきものの声と一緒なのだろうか？

「あっ、いいえ。なんでもありません。気にしないでください」

「……そう？　本当に？」

「はい」と言い、ギルフォードはわたしの指を取る。そうしてその指先に自分の唇をよせた。

……う、ずるい。

上目遣いで甘く見つめる仕草に、なんだかいろいろとごまかされている気になる。でも今は、彼が無事に戻ってきたことを素直に喜びたい。

「……それなら、仕方がないわよね。わたしでも、傷つけられないかも」

「ありがとうございます、ステラ。……その、続きを、しても？」

ギルフォードが言う、続きに思い当たる節がいくつかあった。

わたしからの告白？　それともギルフォードとのハグとか……えっ？

も、もしかして、キス……!?

嘘っ……でも、ハグの続きなら、おかしくないわよね？　だって、好き同士、なんだし。

ああ、でもどうしよう。わたし、まだ心の準備が、全然……。

胸が、ドクドクと鳴り響いておかしくなりそうだ。ギルフォードの指がわたしの指に絡まる。

そして、ゆっくりとわたしの頬へ……。

と、動いたところで「んっ、ん、ぐぅ」というくぐもった声が少し離れた床から聞こえた。

「……ええと、あの。そういえば？」

蛹のように固まったアーノルド殿下とマクシム様のどちらかが目を覚ましたようだ。その声を聞いて今ここがどこで、何を優先すべきかを思い出した。

ギルフォードはわたしから顔をそらして「はぁー」と小さく溜息をついた。それでも気持ちは同じで、床に落ちていた王笏を拾うと血のついた飾り部分を袖で拭いた。

王笏の竜石はその艶(つや)やかな輝きをなくしてしまったかのように、暗く沈んでいる。おそらくだが、ギルフォードのギフト〝祝福〟に反応して彼の目を覚まさせてくれたのだろう。

あのときわたしの耳に聞こえた不思議な言葉もきっとその関係に違いない。

「ありがとう」そう小さな声で竜石へと感謝の言葉を口にすると、一瞬だけその奥でキラリと何かが光ったような気がした。

「仕方がない、助けに行きましょうか」

「あ、でも……陛下が拘束されている場所はわかりますか？　塔のどこなのかアーノルド殿下に聞かないと……」

「それは嫌です。あいつらの顔をステラに見せるつもりは二度とありませんので。〝グヴェル・ドミナード〟」

ギルフォードは「塔に入るまでそうしていろ」と言い捨て、拘束魔法をさらに四倍掛けしてから玉座の間を出た。

第八章　もう一度、最初から

それから、ギルフォードの指揮により宮殿内の騎士と、チェスター様を筆頭に王都に常駐している魔法騎士団員を全員召集して魔法封じの塔の捜索を始めた。

魔法封じの塔とは名ばかりで、それはよくある一般的な塔のように上がっていくものではなく逆に地下へと下がっていくものだ。しかもその中は迷路のように入り組んでいる。ならば地下室と呼べばいいものの、なぜかずっと塔と呼ばれているらしい。

魔法封じだけあって魔法は一切通用しないその塔へ、彼らは国王陛下の捜索を人海戦術で行った。勿論（もちろん）、ギルフォードはわたしを守るという名目で、そこに一切かかわりを入れる様子はなく、内部ではほぼチェスター様一人で采配していたようだ。

なんだかヒイヒイ言いながらギルフォードを睨（にら）んでいるのが遠目からでもわかる。

わたしたちがそこで見守ること数時間、国王陛下以下、王国騎士団長と護衛の騎士たちは救出された。

陛下は思っていた以上にやつれ衰弱しているように見える。両脇を抱えられ歩く姿は、デビュタントで見かけた逞（たくま）しい体つきよりも一回り小さく見えたほどだ。

やはり、王太子である自分の息子に裏切られたという精神的な疲労が大きいのだろう。アーノルド殿下の母親である正妃殿下は、彼の暴挙の第一報を耳にした途端倒れ、その後すぐ意識は戻ったそうだがまだ床から離れられる状態ではないと聞いた。

昔からアーノルド殿下を王太子として甘やかし育てていた正妃殿下にはあまりいい思い出はないが、さすがにこの状況は少し同情する。

「ギルフォード様、陛下の側へ行かなくてよろしいのですか？」

力なく歩いていく国王陛下を無言で見つめているギルフォード。その瞳にはなんとも言えない微妙な感情がのっていることに気づき、わたしは彼の腕を取り尋ねた。

心の弱っているときには家族の言葉が欲しいのではないのか。たとえばわたしなら、こんなときこそお父様やお母様、そしてお兄様にも側にいてほしいと思う。

正妃殿下が側にいられない今、それはギルフォードにしかできない。

けれども彼は首を横に振り力なく笑った。

「今は僕が顔を出さないほうがいいでしょう。陛下のためにも」

「そんな……でも、陛下はギルフォード様のお父様ではないですか」

「ええ、それでもです。きっと僕がいては陛下の気も休まりませんから。母上が、亡くなったときのように……」

グロリアナ妃殿下……どうしてもギルフォードと陛下の間には妃殿下の死の影が落ちてし

まっている。二人がとても大事にしていた彼女は美しくたおやかで、そして優しい心をお持ちの方だった。何度となくイリニエーレを庇い、慰めてくれた人であり、大好きだった人。

そんなグロリアナ妃殿下が、自分の夫であった陛下と息子のギルフォードが声も掛け合えないくらいこじれた状況になっているのを見たら、悲しく思うに決まっている。

わたしはギルフォードに向かい合うと、彼のことを「ギル」と呼んだ。これは、グロリアナ妃殿下が彼を呼ぶときの愛称だった。

わたしがそう呼ぶと、条件反射のように「はい」と返事をした。

そこにパンッと響き渡る乾いた音。彼の頰を両手で包み込むようにしてそのまま勢いよく叩いてやったのだ。

ジーンと両手が痺れる。わたしよりもはるかに体格がよく強いギルフォードは、これくらいでは痛いとは思わないだろう。しかし突然の張り手には相当驚いたようで、今までに一度も見たことがないほどに目が点になっていた。

「ギル！　もう、いいから。意地を張らないで、行きなさいよ！　あなた、ずっと陛下とお話ししたかったのでしょう？　言いたかったことがあるはずよ。だから、ちゃんと伝えましょう」

ねえ、ギルフォード。そう言って、彼の額に唇をよせた。

「頑張るための、おまじないよ」

ニッと笑ってみせると、ギルフォードはわたしが唇を当てた場所に手を当てて、軽く目を閉じた。それから片手で顔を隠すと、フウッと息を吐き出した。

「あの、ステラ。一緒に付き合ってもらってもいいですか？」

どこになんて聞かない。わたしはただ、ギルフォードの腕を取って「勿論」と答えた。

意外なほど質素な国王陛下の私室へ、ギルフォードとわたしは通された。すでに陽は落ち、部屋の中には魔法道具の灯りがともされている。

解放されたときよりは少し落ち着いたのだろうか、ベッドの上の陛下の顔色も随分とマシになったように思えた。ただそれでも以前のような溢れるような気は鳴りを潜め、一気にお年を召されたような印象を持った。

「陛下……少し、よろしいですか？」

「ああ、ギルフォードか、ここへ。……ん？　その娘は？」

「あの、ステラと申します、陛下。コートン男爵家の娘の……」

「おお、今年デビューした男爵令嬢だったな。ステラ嬢、君にもコートン男爵家にも面倒をかけてしまったのだな。アーノルドの無礼を謝罪する」

実際、無礼なんて軽いものではなかった。でもそれを今さら指摘しても仕方がない。そんなことよりも、二人の話のほうが最重要だった。それなのに――。

「そうですね。謝罪はいくらしても足りるものではありません。アーノルドの罪は本人のものですが、そもそもの発端は陛下の愚行が原因なのですから重々自省し肝に銘じてほしいものです」

ちょっ……喧嘩しにきたんじゃないのだからっ！　それに、なんで急に陛下が悪いだなんて言い方をするの？

慌てるわたしをよそに、ギルフォードは辛辣な言葉を吐き続ける。

「あのとき……イリニエーレ様が毒を飲まされたときに、アーノルドは廃太子にするべきでした。自分は今でもそう思っています。たとえ直接手を下したわけではないとしても、国の至宝たる宝石眼の乙女を死に至らしめた責任を取らせるべきだと、議会でも俎上に上ったのでしょう？」

え？　そんなことがあったの？

ベッドの上の陛下はフルフルと体を震わせながら悔恨の表情でギルフォードを見つめている。

「それを一切取り合わず独善的に押し通したのは陛下の罪です。ですから今日のこの結末を招いたのは全てご自身の過ちが原因なのではないでしょうか？」

「……そうだな。我の甘い考えが、あやつを増長させたのであろう。王としての姿を見せ続けていればいつかは己の責務に気がつくであろうという考えが」

「むしろ父親としての愛情を持って接するべきだったのでしょう。ただの父と子として良いことも悪いことも教えることができたのならば、あのように夢に溺れ操られる前に引き返すこともできたのかもしれません」

　僕のように、と小さく呟(つぶや)きギルフォードがわたしの手をそっと掴(つか)む。

　そうか……わたしに言われるまでもなく、ギルフォードはとっくに陛下との感情的な思いを昇華していたのだ。

　大好きだった父親を目の前にしても、きっちりと自分の意見を言い、反省すべき点を告げている。そこにはもう父親に甘えるだけの子どもの姿はなく、立派に成長した青年・ギルフォードの姿しかない。

　わたしはあらためて彼の毅然(きぜん)とした態度に胸を高鳴らせた。

「たしかにギルフォードの言うとおりだ。今回のことは全て我の不徳の致すところである。ステラ嬢には重ねて謝罪し、後日何らかの詫(わ)びを送らせてもらいたい」

「も……もったいないお言葉でございます」

　陛下の言葉に頭を下げてから一歩後ろに下がると、なんとも居心地の悪い沈黙が落ちる。

　ううん。どうしよう……。せっかくギルフォードが陛下と話をする気になったのに、このままでは一方的に彼が陛下を糾弾しただけで終わってしまう。

　なんとか話のきっかけを、と考えているとベッドの横に置かれたテーブルの上に立て掛けられている、小さな絵に気がついた。

「……その絵は」

拙い筆遣いながらも、美しく艶やかな色彩で油絵に描かれているのは、大きなユーカリの木と白いベンチ。それに色とりどりの花々が舞い散る美しい景色。それはたしかにグロリアナ妃殿下の庭園だった。

「ああ、これは我の——一番大事な思い出だ」

陛下がその絵を愛おしむように指で触る。昔あの庭園で見たことのある陛下の穏やかな瞳で、優しく撫でるその姿が、なぜか泣いているように思えた。

ずっと、陛下もグロリアナ妃殿下の庭を忘れたことはなかったのだ。ただ、妃殿下が亡くなったときの悲しみが深すぎただけ。

そしてそのせいであの庭園へ足を運ぶことができなくなったのかもしれない。

「……今も、あの頃と変わらぬ美しさですよ」

ギルフォードが陛下に向かいそう言うと「そうか」と一言返して目を瞑った。

「もしも時間が取れるようになればいつでもおいでください」

続く言葉にもう一度「そうか……」と口にすると、瞑ったままの陛下の瞳から一筋の涙がこぼれていった。

静寂を断ち切るかのように扉がノックされ「宮廷医の診察のお時間となります」と侍従の声が聞こえた。わたしたちは「それでは失礼いたします」と頭を下げる。

そうして扉に手を掛けたところで、陛下が最後にギルフォードへと尋ねた。

「ところでギルフォード。ステラ嬢は今回の被害者というだけではあるまい」

その言葉にギルフォードははっきりとした声で答える。

「自分の一番大事な人です。この世界で誰よりも愛しています――」

「ギルフォード様っ！　何をおっしゃって……」

ギルフォードの答えに、一瞬だけ目を丸くした陛下は、すぐにまなじりを下げて笑い出した。

「ハハッ、そうか……。あのギルフォードがな。好いたおなごか……。我も年をとったということか」

「はい？　いいえ、彼女はずっと昔から最愛の……んぐっ」

「ちょっと待って、それ以上は言わなくていいから！」

慌ててギルフォードの口を塞ぐ。

今、わたしがイリニエーレの生まれ変わりなんて言われても陛下もどう答えていいか困るに決まっている。

「ステラ嬢。そなたにはギルフォードの良き理解者になってくれるよう願う。……頼むぞ」

懇願の言葉を口にしながら陛下の手がギュッと何かを握りしめた。誰もいないはずなのに、わたしにはそこにグロリアナ妃殿下がいるように思えて仕方がなかった。

二人寄り添いながら、ギルフォードとわたしを見送っている。なんとなくそんな気がした。

もう一度静かに頭を下げると、わたしたちはそのまま黙って陛下の私室をあとにした。

「……まだ言いたいことがあったのではないですか？」

「いいえ。もう伝えたいことは全て伝えました。あとは陛下が考えればいいことです」

ギルフォードに尋ねると、随分とすっきりしたような顔つきになっていたのでわたしもそれ以上深く言うことはやめた。

陛下の涙がギルフォードの感じたあの頃の痛みを軽くしてくれるわけではないが、それでも一つくらいは彼のわだかまりが溶けたのならいいな、と思った。

「では、そろそろ帰りましょうか」

「そうね、なんだか凄く長いこと家を空けてしまったようだわ」

陛下の私室を出ると、今日の事件の後始末で慌ただしい中、ちらちらとわたしたちを覗き見るような視線に気がつく。でももうあまり気にしないことにして、ギルフォードの腕に手を置き、エスコートされるように宮殿中央の階段を話しながら下りていく。

ステラに生まれてこの方、外泊どころか半日も家を空けたことがなかった引きこもりだったのに、監禁されていた時間も含めるともう六日も家に帰れていない。

これでもし、隣国での取引のためにお母様たちが留守にしていなかったなら、どれだけ心配をかけただろう。本当に、よかった。

そうホッと息を吐いてから、階段の途中の踊り場まで来ると、フッと頭の中を何かがよぎった。

なんだろうか？　いろいろと一気にありすぎて疲れているせいか、頭が働かないようだ。

ギルフォードの腕に頭を置いて、んん？　と悩む。

「どうしました、ステラ。疲れましたか？」

「ええ。たしかに疲れましたけれど、そうではなくて、なにかこう……忘れていることがあるような……ないような？」

「あまりにもお疲れのようなら宮殿で少し休んでいきますか？」

うーん。それはさすがに遠慮したい。

ただでさえ宮殿でのいい思い出はグロリアナ妃殿下の庭園周りくらいしかないのに、今回の監禁騒ぎだ。ギルフォードだって、もう今後は庭園ぐらいしか寄ることはないだろう。

「いいえ。家に帰ります。使用人たちの様子も気になりますし……あ」

思い出した！　と、口を開けた途端、ざわざわという騒がしい音と叫び声が聞こえた。

「ステラぁああ！　どこだぁっ!?　お前のアルマお兄様が迎えにきたぞおっ！」

……アルマお兄様。あああ、忘れていました！

すがりつき、体を張って止めようとする騎士たちを振り払って投げている姿は、もうお兄様自体が魔物のようだ。正面扉前のホールが阿鼻叫喚（あびきょうかん）に包まれている。

人を食べないだけマシだとは思うけれども……これはちょっと。

「さすがはアルマですね。陽動作戦の要に選んだだけのことはあります。ずっとステラを捜していたのでしょうか？　一筋縄ではいきませんね」

そこへ、両手に書類を抱えたチェスター様がひょっこりと顔を出した。

「うんにゃ、一回は捕まって事情聴取されたよ。そのほうが、ステラ嬢の情報が聞けるかもって言ったら、すぐに大人しくなってさ」

「チェスター様！　本当ですか？　……でもそれがどうして、あんなことに？」

「いやさあ、ひととおり事情聴取が終わって、俺らが陛下の捜索にかり出されている間に、どうやらアルマがアーノルド殿下たちの話を聞きつけたらしいよ。まあそしたら、アレ」

「……そんな」

早く止めないと大変だ。急いでギルフォードたちに間に入ってもらおうとしたのに、なぜか二人はその場で言い合いを始めてしまった。

「なんですか、チェスター。いつまでも油を売っていないで報告書を出してきてください。事務が悲鳴を上げて待っていますよ」

「おいっ、ギルフォード。酷ぇなあ！　一日中お前の言うとおりになって動いてやっていたのに、なんだよその台詞は！」

ああ、もう。忘れていたわたしも悪いけれど、ギルフォードもチェスター様も大概だ。

「二人とも、ちょっと静かに！　ギルフォード様、早くお兄様を大人しくさせてください！

なんなら魔法で拘束してもいいから！」

あのまま放っておくとケガ人が出る。そうしたらそれこそ貴族として終わりかもしれない。

そんなことを考えている間に、ホールからガチャンと何かが壊れる音がした。

「え……しかし、義理の兄へ拘束魔法を掛けるというのは気が引けます」

「いつの間にアルマが義兄になったんだよ、お前の！」

なってない、まだなっていません！　いいから、早く、止めてあげてー！

結局あのあと、ギルフォードが魔法を使うまでもなく、アルマお兄様はわたしの姿を見つけた途端号泣し、動きを止めた。それだけ心配をかけてしまったことを心から申し訳なく思うと共に、ここまで愛されているのだと嬉しさが込みあげてきた。

ホールで壊れたものはギルフォードが責任を持つと言ってくれたので、そこから先はお任せして、わたしたち兄妹は揃ってコートン男爵家の屋敷へと帰った。

そしてアーノルド殿下とマクシム様による国王陛下監禁と王位簒奪の計画はとてもお粗末なものであったけれども、やはり国家の安泰を揺るがすほどの重大な問題であったとし、議会に取り上げられた結果、アーノルド殿下の王太子の地位は剥奪され廃嫡された。そして、魔法封じの塔の中で幽閉されることとなった。

彼の妃であるロザリア様とベルトラダ様は、廃嫡が決定するとすぐに装飾品の一つも持つことすら許されず、着の身着のまま実家へと帰されたという。

最後まで「ここはわたくしのものよ！」と叫び抗っていたと聞き、つくづくアーノルド殿下とは似たもの夫婦だったなと思うばかりだった。

「――魔法騎士団長の権限で、アーノルドに会ってきました」

事件後、わたしをコートン家に送ってくれてからひと月の間、ギルフォードからは手紙と花束は届くものの、一度も顔を見せにくることはなかった。

勿論、事件の後始末やら何やらで忙しかったことはわかる。魔法騎士団長としてアーノルド殿下たちに破壊された王都周辺の結界石の修復もしなければならなかっただろう。

だからわたしも会いたい気持ちをグッと抑えて我慢をしていた。

あれだけずっと、わたしのことを好きだったと言っていたのだから、きっと落ち着いたら連絡をくれるはずだ。そうしたらわたしからもちゃんと告白をしたらいいのかしら？　などと、毎日胸をドキドキさせながらいろいろと考えていたのだ。

そこへようやく、本当にようやくギルフォードからの招待状がコートン男爵家へと届いた。

わたしを匿ってくれたあの閑静なお屋敷で会えるだろうかという手紙に、胸を弾ませながら急いで返事を書く。

初めてギルフォードが贈ってくれたピンク色のドレスに着替え、いつもよりも丁寧に髪を巻き、念入りに肌を整えて迎えの馬車に乗った。

いつもと違うのは度無しの丸い眼鏡だけ。わたしはこの眼鏡を掛けて手鏡を持つと、自分の宝石眼が見えないことを確認して「よし！」と頷いた。

この眼鏡はレンズのガラスに宝石眼を隠すための目薬と同じ液体を塗布して作ったもので、レンズ越しならばわたしの宝石眼をごまかしてくれる眼鏡だ。

ギルフォードと会えない間、彼が言っていた『魔法が干渉すると目薬の効果が早く切れてしまう』ということを検証した結果、たしかに効果が著しく短くなっていたことが判明した。

これは魔法を掛けられても気がつかないわたしにとってはとても重要で困った事案であって、すぐに対処しなければならないものだった。

しかもこれについては、お兄様は前々からうっすらと気がついていたようで、だからこそ目薬の予備をしつこく持たせようとしていたらしい。あれに関していえば大変助かったしありがたいと思ったけれど、そういうことは早く教えておいてほしかった。

当然このあとでわたしは、お兄様を床に正座させて報告の重要さについて延々と語っておいた。

そうして試作した眼鏡がこれだ。一度塗れば数日は持つし、レンズが直接わたしに触れているわけではないので、魔法と干渉はしない。

今日のところはギルフォードへ見てもらうため眼鏡しか掛けていないが、外出するときは目薬と眼鏡の二段構えにすればよほどのことは大丈夫だろう。

こうして準備万端の態勢で、ギルフォードのところへとやってきたというのに……。

「おいおいおい。団長、いきなりその話から始めんの？」

「そうだな、まずは謝罪でしょうね、ギルフォード殿下。しゃ・ざ・い。勿論、俺の可愛い妹を危険にさらしたことと、俺を勝手に利用した罪ですよ」

この二人……どうしてここにいるの？　しかも、ちょっと偉そうだし。

ギルフォードの屋敷の応接室で彼と向かい合って座りながら話しているその横で、腕を組みつつ「なあ、なあ」と頷き合っている二人が本当にうっとうしい。

「あの、チェスター様。アルマお兄様。少し席をはずしてくださいますか？　わたしたちにも大事な話がございますので」

お兄様はともかく、チェスター様に聞かせたくないこともある。特に、宝石眼のことを知る人は少なければ少ないほどいい。

「……でもなあ、ギルフォード殿下と二人っきりでっていうのも、な？　ステラ」

「今さらでしょう？　今までだって二人で散々お出掛けしましたよ。それに噂のことだって、お兄様も十分ご承知ですよね」

「え、いやあ……それと、これとは、おい！　ステラ……！」

「え、俺も？　ねえ、ステラ嬢ーっ」

「はい、はい、はい。それではまたあとで！」

強気でグイグイ押して一気にたたみかける。執事のザイラスがサッと開けてくれた扉の向こうへドンッと押し出すと、お兄様は「あれ？」と何か言いたげな顔をした。

その隙に急いで扉を閉める。これでようやく邪魔者はいなくなったと、手をパンパンッと叩きながらソファーへ戻ったら、ギルフォードが笑っていた。

「ステラのそういう強気で……少しおてんばなところ、好きです」

「なっ、そんな……ええと、やっぱりおてんばに見えますか？　その、イリニエーレとは随分違っているでしょう？」

自分で言うのも何だが、イリニエーレは厳しい妃教育を受けさせられていたせいで普段から表情に乏しく、つまらないほど大人しかった。そんなイリニエーレと比べられると、今のわたしはおてんばなどという言葉では甘すぎるかもしれない。

「そう、ですね……」

ぐっ……。自分の言葉に自らぶつかっていった気分だ。やっぱり……とうなだれていると、

「そういう意味ではありませんよ」とギルフォードが言った。

「ステラの自分の意見をはっきりと言えるところ。どんな相手にも物怖(ものお)じせずに対峙(たいじ)できると

いますころ。それから、自分の弱さも認められるところ。その全てがステラの強いところだと思っています」

「え……」

「そんなステラの強さが、僕には眩しいほど美しく見えたんです」

恥ずかしすぎていたたまれない。まさかギルフォードが、わたしのことをそんなふうに見ていたなんて。

うつむいた顔を少し上げて、ちらりと彼をうかがう。相変わらずわたしを見つめる瞳は優しくて、気持ちが溢れているのがわかる。

どうしよう……ここで告白の続きをしようかしら？　それとも……。

あんまりいろいろ考えていたら胸が痛くなってきた。

とりあえずアーノルド殿下の話を聞いてからにしよう。そうしてわたしはギルフォードの視線に気づかないフリをして最初の話に戻した。

「……アーノルド殿下とは、どんなお話をされてきたのですか？」

「そうですね、まずアーノルドには、自分のしでかしたことを大いに反省するようにと。王位は私利私欲のために継承するものではなく、国民のためだということを忘れないよう伝えてきました」

「きっと、バカにされたと思って怒っていたのでは？」

アーノルド殿下ならおそらく、と思い聞いてみたのだが、予想より斜め上の返事がきたらしい。肩をすくめながらギルフォードが答えた。

「〝お前こそ私利私欲で宝石眼の乙女を手に入れただろうが、俺の王位をかっさらおうとしたヤツが何を言うかっ〟と恫喝されましたね。反省は全くないようなのであとは一言だけ伝えて帰ってきました」

「一言、いったい何を……？」

「ええ。ステラが宝石眼の乙女だということは二度と口にするな、と。もしもそれがアーノルドの口からバレた場合は塔の中にいようとも、必ず一生口が開けないようにしてみせますよ、と言ってきました」

ギルフォードの言葉に、思わず「はあ」と溜息が漏れた。

たしかにわたしが宝石眼を持っていることがバレてしまうことは勘弁してほしい。でも、魔法封じの塔の中で幽閉されているアーノルド殿下に脅しまでしなくても……。

わたしの言いたいことがわかっているように、ギルフォードは首を振った。

「大事なことです。アーノルドが廃嫡されたことで、次の国王を誰が継承するか貴族内でも意見が分かれていますので、ステラが巻き込まれてしまう可能性だけは排除しなければなりません」

「可能性って……まさか？」

「ありえないことではありません。順当にいけば正妃殿下の次男であり第一継承権に繰り上がったエルドレッド兄上が王位につくことになります。勿論僕も彼に押しつける気ではありますが、貴族の思惑もいろいろとありますから、しばらくは僕の周りもうるさくなるでしょう」

押しつけるって、もう少し言い方がありそうな気がするけど……。

「彼を推す者たちに宝石眼の乙女の存在が知られれば、躍起になってエルドレッド兄上の正妃にと持ち上げてくるでしょう。しかし、それだけは絶対に許されません」

――全力で阻止させていただきます。

そう言ってのけるギルフォードの緑の瞳がほの暗く光る。まるでわたしたちの邪魔をする者は叩き切ると言わんばかりの表情だ。

勿論わたしもギルフォードとはずっと一緒にいたい。それにこれ以上王家には近づきたくはないので、王位をエルドレッド殿下に継いでもらうことには賛成している。ただ……。

「マクシム様はどうなさっているの?」

もう一人、わたしが宝石眼の乙女だと知っている彼のほうはどうするつもりなのだろうか?

「ああ……マクシムですか」

言葉を選んでいるように一拍だけ置くと、その後の彼の様子を教えてくれた。

「マクシムは拘束を解いた途端、自ら夢の世界に落ちました。自分自身に強力なギフトを掛けてそのまま眠ってしまったのです」

「え……そんな。それではマクシム様は……」

決して起きることのない夢。衰弱死するまで見続けさせることができると、彼自身が言っていた。つまり、自分に〝夢幻〟のギフトを掛けること、それは緩やかな自殺と同じだ。

「事後処理が終わるまではと、ある程度は魔法でもたせていましたが、それも二日前にはもう……。完全に逃げられてしまいました」

そう、淡々と言うギルフォードの声はどこか悔しさが滲み出ていた。

わたしにもマクシム様の最期を聞いて胸の中に一つの後悔が生まれた。それがイリニエーレを毒殺した犯罪者を裁きの場に出せなかった腹立たしさなのか、それとも結局彼に反省させることなく死なせてしまった自責なのかわからない。

けれどもそれは、多分どちらも同じくらいの大きさでこれからもずっとわからないまま自分の中に残っていく感情だろう。

ただ一つわかるのは、マクシム様の呪いは彼自身のものであり、わたしとはもう何の関係もないものだということ。

彼の悪意がどれほどのものだとしても、結局わたしを変えることなどできなかった。そしてわたしは、これからをずっと一緒に生きていきたい人がいることに気がついたのだから。

「逃げられたとか、もういいじゃないですか。アーノルド殿下も、マクシム様も、二人とも起こした罪の罰は受けました。もうそれで十分だと思いますよ」

「……ステラが、そう言うのなら」

うん。それ以上は必要ない。

わたしが吹っ切れたようにギルフォードへ瞳を向けると、彼は静かにソファーから立ち上がる。そしてわたしの隣へと腰を下ろした。

「今日は眼鏡を掛けているんですね、ステラ」

「あ、気がつきましたか？　何も言われないので似合わないかと思ってしまいました」

「いいえ。あまりの可愛らしさに胸がドキドキしてしまい、なんと言っていいのかわかりませんでした」

そんな甘い台詞をふわりとした笑顔で言ってのける。

……ギルフォードがナチュラルにわたしを褒めてくるのって、本当に心臓に悪い。

「うー、コホン。これはレンズに目薬の薬剤を濃くしたものを塗布しているんです。これなら少しくらい魔法の干渉があっても、宝石眼を隠してくれますから。ね、ほら」

ギルフォードに見せたかった眼鏡を、彼が気づいてくれたことが嬉しくて、つい見せびらかすようにグッと顔を近づけた。

「これならレンズ越しなら宝石眼も見えないでしょう？」

「ええ。それに、いつもとは違う魅力があります。……でも」

「でも？」

繰り返し尋ねると、ギルフォードはそっと両手を添えて眼鏡を外す。そうしてわたしの瞳を覗き込みながらうっとりとした表情で息を吐いた。

「僕はステラの瞳の中に映る僕が好きなので、これは少し邪魔ですね」

そう言って真っ直ぐに見つめるギルフォードの瞳にも、わたしが入り込んでいる。

ああ。わたしも、この瞬間が一番好きかもしれない。

「あの……今度こそ続きを、してもいいですか？」

続き、と言われて何のことかわかった。胸の音がドクドクッと速くなる。ギルフォードの視線が熱になって痛いほど伝わってくる。

幼いギルフォードの憧れをはらんだ瞳も好きだったけれど、今はもっと、この瞳の中で溺れるほど見つめられたい。

——でも。

「いや……続きなんて、嫌です」

「……えっ……」

そう答えると、ギルフォードは愕然としたように固まり、手に持っていた眼鏡を落としてしまった。

「あ、あの……ステラ……もしかして、その……何か、気に入らないことをしましたか？」

慌ててすがるギルフォードが可愛らしく見える。こんなに素敵で大人になったギルフォードが、とても可愛らしくて愛おしいなんて、本当に恋って不思議なものだと思う。

わたしはゆっくりと首を横に振る。

「いいえ。そうではなくて、その……続きなんかじゃなくて、わたしたち最初から始めませんか？　ギルフォード様」

「それは？　……ステラ」

そう。生まれ変わる前も、生まれ変わってからも、ギルフォードがわたしをずっと好きでいてくれたことも。

そしてわたしがギルフォードを好きになったことも、全部ひっくるめて始めましょう。

だから、あらためて……。

「あなたが好きよ、ギルフォード。これから、ずっと好きでいたいの」

——だから、一緒にいてくれる？　そう声になる前にギルフォードから抱きしめられた。

強く、強く。息ができないほど強く抱きしめられながら、わたしはこの今の幸せを噛みしめている。

「ああ、僕も、あなたを愛しています。ステラ、誰よりもずっと……これからも……」

まるで泣いているみたいに震えながら、ギルフォードは愛を伝えてくれる。強くて、格好良くて、凄く大人なのに、どこか可愛くて愛おしい、わたしのギルフォード。

背中をトントンと優しく叩けば、ゆっくりと体が離れて彼の顔が見える。お互いの瞳の中に蕩けるような自分の顔を見つけてクスリと笑った。

そうして二人、唇を合わせる。

とても長い時間を経て、初めて口づけしたわたしたちは、互いの鼓動を感じながらもう一度強く抱きしめ合った。

唇が離れてもギルフォードと離れがたくて、彼の胸の中に寄り添っていた。そんなわたしの髪をギルフォードは優しく撫でてくれる。

二人だけのこの甘いひとときの中で、お互いの胸の音だけがトクントクンと聞こえている。この幸せを、これからもずっと大切にしていきたい。わたしは自分に誓うように、ギルフォードの指に自分の指を絡めてギュッと握った。

「……ステラ？　どうしました」

「ギルフォード様。わたしね、まだまだ家族やあなたの前以外では食事もできないと思うの。だから、きっと第三王子という立場のあなたにはふさわしくないとか言われることもあると思うわ」

いくら毒殺犯人がマクシム様であったと判明しても、されたことに変わりはないし、あの苦しみが簡単に消えるものでもない。だからしばらく、もしかすると一生そのトラウマは残り続けるかもしれない。

大好きなギルフォードや家族とならばともかく、晩餐会（ばんさんかい）やパーティーなどで食べ物を口にすることなど、まだまだ考えられない。

「そんなこと、誰にも言わせません。王子の地位にしても余計な重荷でしかありませんし」

「ええ。わかっています。だけど、そんなトラウマもギルフォード様となら乗り越えたいし、乗り越えられると信じているわ。だから、ずっとわたしの側にいてくださいね」

「勿論です。僕のしつこさを侮らないでくださいよ、ステラ。一生側にいます、追いかけ続けますから」

　キリッとした顔で胸を叩く。そんな仕草と態度が妙にマッチしなくて、笑いが込み上げてくる。コロコロと笑うわたしの顔を愛おしそうにギルフォードの手が撫でる。そのまま、二回目の口づけをしようと彼の瞳が近づいたところで――。

「なあなあ、ステ……ラ？　あ、あぁぁぁああ、はあっ⁉　な、な、何……っ」

　突然ノックもせずにお兄様が応接室の扉を開けて入ってきた。

「な、何、じゃありません！　お兄様っ……ノックもなしに……」

　驚きすぎて、ギルフォードの腕に抱かれたまま目についた眼鏡を投げて攻撃をする。お兄様に当たり、カチンと軽い音がしたが牽制（けんせい）になるわけがない。

　あわあわと慌てふためくわたしとお兄様の間で、ギルフォードだけが一人冷静だった。

「アルマ、自分はステラのことを心から愛しています。後日、コートン男爵にもお願いに上がる予定です。どうか、二人のことを応援してくれないでしょうか」

「な、ななな……ふぇっ？　今、なんって……？」

ギルフォードがここまできっちりと言ってくれた。それならばわたしもその気持ちに応えるように、お兄様へしっかりと伝えたい。

「そ、そうよ。わたし、ギルフォード様とのこと、真剣なの、だから……お兄様」

「いや、いや……。なんでっ、眼鏡。ステラ、宝石眼のままっ……いや、バレ……え？　愛？　真剣って？　え……」

お兄様は投げた眼鏡を握りしめながらわたしの顔を指さしている。そして、宝石眼、宝石眼とうるさく騒ぎだす。

あら？　そういえば……。

「僕がステラの宝石眼を知っていると……アルマに伝えてはいませんでしたか？」

「言った覚え……ないわ」

ギルフォードとの婚約の噂が周りで勝手に立ったとき、わざわざ彼にいろいろと尋ねたのも、わたしが宝石眼であることを知られていないと確信するためだった。

それくらいお兄様はわたしの宝石眼が周りに知られないよう気をつかっていたのだ。

本当に家族であるわたしのことを大切にしてくれていると感じる。ありがたいことだと、心の底から思う。

でも、それとこれとは別だ。なんといってもギルフォードは、生まれる前からわたしのことを知っていたのだから、これればかりは仕方がない。

まだ何か言っているお兄様をよそ目に、ギルフォードと目を合わせて頷き合う。そうしてわたしたちは一気に応接室を飛び出した。

「あ、待てっ！　ステラ、ギルフォード殿下ぁ！」

お兄様の叫び声がこだまする廊下で、ギルフォードがわたしをひょいっと軽く持ち上げて抱っこする。突然体が浮いたことでびっくりしたわたしは驚いて彼の首に抱きついた。

「きゃ！　ギ、ギルフォード⁉」

「静かに、ステラ。このまま一緒に逃げましょう。アルマは捕まると少し面倒です」

カツカツと小走りに進みながら、ほんのりと頬を赤らめ楽しそうに笑うギルフォードを見て、自然とほころんでしまう。

なんといってもここはギルフォードの屋敷だから、地の利があって当然だった。廊下や裏口の扉も突き抜けて、屋敷裏にある小さな温室まで逃げ込んだ。色とりどりの花や植物がところせましと並んでいる。

「まあ、素敵！」

「ここはステラのために作った温室です。植物園からなんでも取り寄せて、好きなように手を入れてくださって結構ですよ」

そこでわたしはようやく抱っこから解放された。足が地面に着いても、ふわふわした感覚からなかなか抜け出せないでいる。

このまま本当に逃げてしまおうか？　そんな浮ついた気分にさせられる。それもこれも、ギルフォードと一緒にいるからだ。

「もう少し先まで逃げればよかったでしょうか？」

んー、と肩を上げて背伸びをするわたしにギルフォードが尋ねる。

屋敷の中を走り抜けるのは少しはしたないと思ったけれど、とても楽しくてもう少しくらいならいいかな、とも思う。

「逃げるのは賛成！　でも、目薬も眼鏡もありませんよ。置いてきてしまったもの」

宝石眼を人前には晒（さら）せないことくらい、ギルフォードだってわざわざ言われなくてもわかっている。だから……。

「なら、目を瞑って、ステラ。僕が隠してあげます」

むせかえるような花の匂いに包まれた温室で、ギルフォードがわたしの頬に手を添えた。

「ええ、ギルフォード様」

温室のガラス天井から、宝石の輝きのような光がキラキラと落ちてくる。その光を全身で受けながらわたしは彼の言うとおりに目を閉じた。

花の香りにも負けない爽（さわ）やかなギルフォード匂いに包まれる。

そして、瞼（まぶた）の裏にも感じるその光の中で、わたしたちはもう一度口づけをした――。

エピローグ

暖かな春の空気が爽やかな初夏の風に変わる頃、わたしたちは外壁の外、あのアネモネの花を見た丘の上にもう一度立っている。

魔物除けの香を分析し、とりあえずいくつか作ってみた試作品のテストという名目でやってきたけれど、気分はほとんどデートのようなものだった。

あの日のアネモネの群生はすでに枯れてしまっていたが、今は夏の花々が太陽の光を目いっぱい浴びながら生き生きと咲いている。

そんな明るい大地を見ながら、わたしたちは二人で草の上を歩いていた。キュッキュッと踏まれるたびに、草が音を立てて青っぽい匂いを漂わせる。

本格的に夏が来るのだと思わせる香りだ。

「気持ちのいい季節になりましたね、ギルフォード様」

「はい、ステラ。でもすぐに暑くなりますよ。アルマはこの夏は魔石を使った冷蔵庫を発売すると息巻いていましたが、どうなったのでしょうね」

「え、嘘。いつの間に？　それはわたし、聞いていないんですけど？」

氷を使った冷蔵庫はすでに存在している。ただ夏場は冷えが甘いし、氷の交換も頻繁に行わなければならない。何よりものを凍らせることまではできなかった。

クズ魔石を使ってまんべんなく冷やすことができ、なおかつ冷凍機能付きの冷蔵庫があったらいいなと提案したのはわたしだったのに……。

ギルフォードはクスリと笑いながらわたしの頬にかかった髪を指でなおす。

「完成したら一番に、とすでに予約済みです。手に入ったらいつでもソルベを用意しておきますので、お好きなときに寄ってくださいね、僕の婚約者殿？」

軽く首を傾け、耳元で囁くように、ギルフォードがわたしのことを〝婚約者殿〟と呼ぶ。

その甘い声を聞くたびに、彼と本当に婚約したのだなとあらためて思う。

あれから、廃位となったアーノルド殿下の代わりにギルフォードを王太子につかせようと、正妃殿下の実家である侯爵家と対立する新興貴族たちから声が上がった。

しかしそこは織り込みずみだったギルフォードが先手を打ち、第二王子であるエルドレッド殿下を隠遁していた隣国からさっさと連れてきたのだ。しかもエルドレッド殿下の妃にはその隣国の王女を娶らせ、現状輸出入に掛かっていたいくつかの商品や作物の関税を撤廃するという有利な条件のおまけ付きで。

そして当然のように正妃側の古参貴族の幾人かには、アーノルド殿下の乱心の責任を取ってもらうという理由で領地の没収や謹慎などの責を科すことも忘れない。

これにはギルフォードを推していた新興貴族たちも文句が言えず、あっという間にエルドレッド殿下の立太子の儀式が整った。これから殿下は二、三年ほど王太子としての責務を負いながら国王になるための準備をしていくということだ。

勿論（もちろん）、殿下が新たな国王としてふさわしくなるために勉強しなければならないことは山のようにあるだろう。今回の事件により、後ろ盾となる実家や貴族たちも力を落としている。とても大変であることは間違いない。

けれどもそれはエルドレッド殿下の一番近くで、陛下が粉骨惜しまない努力をしてくれると信じている。国王として、そして父としても。

そしてその期間中は、病気で療養中の陰王——前国王に代わり、国王陛下と魔法騎士団が責任を持って結界石を守っていくという取り決めがなされた。

魔物討伐だけでなく地方の結界石回りを余儀なくされた魔法騎士団には大変な仕事を増やしてしまったと思う。それを副団長のチェスター様は『これぞ魔法騎士団の存在意義だぞ、走れ、走れ～』と皆に発破を掛けて回っているそうだ。

そういった諸々の裏工作のおかげで、ギルフォードはめでたく王太子の地位から逃げ切ることができたのだった。

そんな彼のことを、お父様とお母様もしぶしぶながら認めざるを得なかった。

最初、わたしの宝石眼を絶対に隠したかった両親は、王族でもあるギルフォードのことをとても警戒していた。それでも、わたしが宝石眼であることを知っていること。それを王家にも対外的にも一切秘匿すること。何があっても一生わたしを守ること。一つ一つ話をしてわたしたちの気持ちを理解してもらった。

それにはアルマお兄様曰く、当事者のわたし自身の口からギルフォードへ〝宝石眼の乙女〟であることを伝えたということも大変大きかったらしい。

ギルフォードとわたしの信頼と愛が、二人のことを皆に認めさせたのだ、と。

……まあ、自分で伝えたわけではないんですけれどね。

『愛の力だー！』『あのステラがこんなに大きくなって』

話を聞いた途端、感動で盛り上がれるコートン男爵家の家族たち。相変わらずわたしのことになると周りが見えなくなるらしい。

本当によくこれで生き馬の目を抜くような商売で抜きん出た成果を出しているわよね。

とにもかくにも、実際わたしが外の世界を覗きに行こうと思えたのも、トラウマと少しでも向き合えたのも全部、ギルフォードのおかげであることに変わりはない。

わたしのことを想い続け、愛してくれたのだから――。

「そういえば、アルマお兄様といえば、ここへ来る前に随分とおかしなことを言っていたんですよ」

「アルマがですか？」

ギルフォードの返事に、わたしは足を止めず答える。

「執事のザイラスが、家の隣に住んでいるゼオさんっていうおじいさんだって言い出して……」

『――そういや、あれ。殿下のとこのザイラスって、家の隣のゼオ爺さんだよな』

お兄様が呼ぶゼオ爺さんとは、わたしが生まれたばかりの頃に引っ越してきたという独り暮らしのおじいさんだ。外国でちょっとした商売をして成功したが、隠居と同時にこの国へとやってきたという。

わたしは目薬が完成してからもほとんど会うことはなかったが、お兄様は小さい頃から何度も裏庭から入り込みお菓子を貰っていたらしい。

もさもさの髪で屋敷裏の樹木の手入れをしている姿なら窓越しに見た覚えはある。しかしそれがギルフォードのところの執事だとは信じられなかった。

『一度会った人間を、この俺が見間違えるわけがないだろ。ひと目見てピンときたぞ』

アルマお兄様の人を見分ける能力は凄いし、それはわたしも知っている。

ただザイラスはきっちりと髪をなでつけ隙のない執事姿の老紳士だ。作業着を着て木に登る好々爺とは似ても似つかない。

「けれど、そんなはずがあるわけないじゃないですかねえ、ギルフォード様？　……え？」

並んで歩いていたはずが、いつの間にかギルフォードより前に出てしまっていたわたしは、笑いながら彼へと振り返った。

するとそれまで黙って話を聞いていた彼が、顔を真っ赤に染めて手のひらで口を覆い隠していた。

「あの……どうかしました？」

「いえ、その……ああ、もうっ！　……すみません」

突然うろたえだしたかと思うと、いきなり頭を下げて謝るギルフォード。

一瞬何を謝られているのかわからなかった。でも、どう考えてもこの謝罪は……。

「ギルフォード様……もしかして……本当に執事のザイラスと家の隣のゼオさんが同一人物なんですか？　だとしたら、見守っていたと言ったあの台詞って……本当に見守らせていたの⁉　わたしのことを？　あなたの代わりをザイラスに頼んで？」

わたしが一つ一つ確認していくと、顔はさらに赤くなり、もう半分涙目になっている。

「その……ずっとザイラスに頼んでステラの様子を聞いていたんです。好きなものや趣味は何か。それから……肖像画も送ってもらっていました」

「ええ⁉　あ、だからわたしが今好きな食べ物や観劇の趣味まで知っていたのね」

「さすがに気味悪がられるかな、と思って言えませんでしたが……」

まさかのカミングアウトに驚きはしたものの、恥ずかしさで顔をくしゃくしゃにしているギルフォードを見ていたら、もういろんなものがどうでもよくなる気がした。

「……僕、もの凄く格好悪いですね」

そんなことない。そう首を振った。

自分自身の力で切り開き、わたしを支えてくれる大人になったギルフォードもとても素敵だと思う。けれども、こうしてふとしたところで見せてくれる可愛らしさも本当に愛おしい。

「ねえ、ギルフォード？」

「はい、ステラ」

ギルフォードに手を差し出すと彼はそっと自分の手を添えてくれる。その手をギュッと握りしめると、彼もまた優しく握り返す。

ギルフォードの瞳が、わたしの瞳と絡まりあって世界の全てが輝いていく。

「好きよ。あなたのことが大好き」

「僕もです。生まれ変わる前も、今も、僕はあなただけを愛しています。ずっと……」

ギルフォードのその言葉を聞きながら、わたしはこれからも彼と一緒に生き続けると誓った。

あとがき

こんにちは、そらほしです。

『生まれ変わっても君を愛すると言ってくれたのは婚約者の弟でした』をお手にとっていただき、ありがとうございます。楽しんでいただけたなら幸いです。

本作は、「年下王子の執着&溺愛」をテーマにした物語です。

好き好き攻勢をかけるギルフォード、それに翻弄されるステラ。いいアクセントになったアルマお兄様。どのキャラクターも私の想像を超えて動き回ってくれました。

年の差・年下ヒーローがヒロインを想い続けるというシチュエーションが大好物な私にとって、この物語は書いていて本当に楽しいものでした。

こんな私の趣味嗜好を思いきり引き出してくれた担当様に感謝です！

そしてこの物語に麗しいほどのイラストで彩ってくださった練間エリ先生。本当にありがとうございました！　全てがステラの宝石眼のように輝いて見えます。

それでは、また皆様に出会えることを夢みて！

IRIS ICHIJINSHA

生まれ変わっても君を愛すると言ってくれたのは婚約者の弟でした

2024年7月1日　初版発行

著　者■そらほし

発行者■野内雅宏

発行所■株式会社一迅社
〒160-0022
東京都新宿区新宿3-1-13
京王新宿追分ビル5F
電話03-5312-7432(編集)
電話03-5312-6150(販売)

発売元：株式会社講談社
(講談社・一迅社)

印刷所・製本■大日本印刷株式会社

DTP■株式会社三協美術

装　幀■小沼早苗(Gibbon)

ISBN978-4-7580-9651-5

●この作品はフィクションです。実際の人物・団体・事件などには関係ありません。

この本を読んでのご意見
ご感想などをお寄せください。

おたよりの宛て先

〒160-0022
東京都新宿区新宿3-1-13
京王新宿追分ビル5F
株式会社一迅社　ノベル編集部
そらほし 先生・練間エリ 先生